Michael Wildenhain
Der Augenblick des Absprungs

© Susanne Schleyer

Michael Wildenhain lebt als freier Schriftsteller in Berlin. Er studierte Wirtschaftswissenschaften, Philosophie und Informatik und schreibt heute Kurzgeschichten, Romane, Theaterstücke und Gedichte. Seine Bücher wurden bereits mehrfach ausgezeichnet.

Weitere Veröffentlichungen von Michael Wildenhain bei <u>dtv</u> junior: siehe Seite 4

Michael Wildenhain

Der Augenblick
des Absprungs

Deutscher Taschenbuch Verlag

Kurzgeschichten von Michael Wildenhain sind in den
folgenden Anthologien enthalten:
Alles Liebe – oder was?!, dtv pocket plus pur 78137
Weihnachten wie nie!, dtv junior 70610
Sommerträume, dtv Reihe Hanser 62057

Dieses Manuskript wurde mit einem Autorenstipendium
für Kinder- und Jugendliteratur der Stiftung Preußische
Seehandlung gefördert.

Originalausgabe
In neuer Rechtschreibung
August 2001
© 2001 Deutscher Taschenbuch Verlag GmbH & Co. KG,
München
www.dtvjunior.de
Umschlaggestaltung: Jorge Schmidt und Tabea Dietrich
unter Verwendung eines Fotos von Jan Roeder
Gesamtherstellung: Ebner Ulm
Printed in Germany • ISBN 3-423-78168-8

Für Lydia und Raoul

1

Es ist ein altes Waldschwimmbad, dessen Gebäude wuchtig wirken und, sobald es dämmert, abweisend und kalt. Selbst an hellen Nachmittagen macht das Bad den Eindruck einer verwunschenen Burg.

Martin läuft langsam und immer langsamer, bis er hinter den anderen zurückbleibt. Der Wald riecht nach Harz und Fichtennadeln und scheint ein Stück auf ihn zuzurücken. Während er beobachtet, wie seine Freunde und sein Bruder am Zaun vorm Freibad anhalten, um auf ihn zu warten, bleibt er unschlüssig im langen, weißen Gras der Hügelkuppe stehen.

Er schaut hinunter in die Senke. Das Wasser in den Schwimmbecken sieht braun und erdig aus. Vielleicht sollte ich umkehren, denkt er. Wenn er nicht fünfzehn Jahre alt wäre und sich mehr als vor seinen Freunden vor sich selbst schämen würde, würde er sich ins Gras setzen und anfangen zu weinen.

Es tut weh, dass Angela mit Uwe oder Udo, ihrem Cousin zweiten Grades, in die Sprachferien nach Salamanca fährt. Wie verlogen war es, als sie gestern, am letzten Schultag, gesagt hatte: »Wir bleiben doch Freunde, oder?« Und wie falsch, dass Martin, statt den Schleim aus dem Hals hochzuholen und neben ihr in den Rinnstein zu spucken, genickt und sie zum Zug begleitet hatte, der sie zu Uwe oder Udo nach Salamanca bringen würde – um Spanisch zu lernen, na ja.

Trotzdem hätte Martin sich nicht von Jürgen Richter und Schmitti, dem fahrigen Freund mit den hektischen Händen, überreden lassen sollen mit ihnen morgen nach Irland zu reisen.

Irland, denkt Martin. Regen, denkt er.

Er spürt den Kloß hinterm Kehlkopf und im Rachen den sauren Geschmack.

Plötzlich hat er keine Lust mehr, mit Matthias, seinem älteren Bruder, jetzt, in der Nacht ins Freibad einzusteigen, um oben auf dem Zehnmeterturm – »Schlag Mitternacht!« – auf Majes' achtzehnten Geburtstag anzustoßen. Jürgen Richter und Schmitti stehen unten am Drahtzaun, winken und rufen gedämpft, er solle doch endlich kommen.

Irland, denkt Martin, Regen.

Er holt den Schleim aus dem Hals hoch und spuckt ihn vor sich ins Gras. Er will umkehren. Ein letztes Mal schaut Martin zum Waldschwimmbad hinüber, in dem er noch im Frühsommer Wettkämpfe bestritten hat, und traut seinen Augen nicht. Auf der Zehnmeterplattform zeichnet sich die Silhouette eines Mädchens ab.

Das Mondlicht gleitet über das dunkle Sprungbecken. Das Mädchen nimmt drei Schritte Anlauf, holt mit den Armen Schwung und drückt sich ab. Den anderen am Drahtzaun ist der Blick auf die Sprunganlage durch Büsche und Bäume verstellt.

Während das Mädchen vor Martins Augen abspringt und zur Saltodrehung ansetzt, fährt er sich durchs Gesicht, als sähe er ein Trugbild, als wäre alles ein Traum.

Das Mädchen taucht ins Wasser ein, lautlos und ohne Spritzer wie ein Schatten.

Im Augenblick des Absprungs hat Martin das Mädchen erkannt – Gila.

Er hört, wie die Freunde nach ihm rufen, und als gelte es sein Leben, läuft er den brombeerbewachsenen Hügel zum Schwimmbad hinunter.

Er fürchtet sich geirrt, sich alles nur eingebildet zu haben. Er rennt, so schnell er kann.

Die Glocken der evangelischen Kirche schlagen dreimal. Viertel vor zwölf, gleich Mitternacht. Er sieht, wie Matthias und die anderen über den Zaun ins Freibad steigen. Und während er spürt, wie ihm die Zweige an Gesicht und Beine schlagen und ihm die Dornen der Brombeerranken Wangen und Oberschenkel zerkratzen, ohne dass er ihnen im Mondlicht auszuweichen versucht, empfindet Martin eine seltsame Genugtuung. Der Schmerz lässt ihn Angela und Salamanca und Uwe oder Udo, den Cousin, vergessen.

Für einen Moment wünscht Martin sich weiter- und immer weiterzulaufen. Dann ist er am Zaun angekommen und klettert über das rostige Tor in das verlassene Schwimmbad.

2

Schwarz wölbt sich der Himmel über den leeren Liegewiesen. Die Sterne glimmen hart und klar. Kühl spürt Martin die Nähe des Wassers auf seinem heißen Gesicht. Es riecht – der Duft ist angenehm – nach einer Mischung aus Erde und Chlor.

Die Glocken der katholischen Kirche schlagen ebenfalls dreimal. Als Martin um eine Hecke biegt, steigt Gila aus dem Wasser.

»Ich glaub ... äh, kneif mich!«, sagt Jürgen Richter.

»Wow!«, sagt Schmitti.

Matthias sagt nichts.

Martin läuft über die Wiese, auf der er häufig gelegen hat. Er spürt den Tau an den zerkratzten Knöcheln. Als er das Sprungbecken erreicht, umstehen Jürgen Richter und Schmitti Gila, die das Wasser abstreift und ihre Haare nach hinten wirft.

Matthias, derart betrunken, dass er kaum Herr seiner Bewegungen ist, bietet Gila Sekt an.

»He, das war gut! He, das war wirklich sehr, sehr gut. Kommst genau richtich. Ehrlich! Hab Geburtstag.«

Seine Stimme klingt schleppend.

»Glückwunsch«, sagt Gila. Den Sekt lehnt sie ab.

Sie hat sich, denkt Martin, kaum verändert. Und sie springt genauso gut wie damals – besser als alle anderen im Verein.

Er fühlt, wie Bauch und Beine weich werden. Gila steht dicht am Beckenrand. Sie trägt einen schwarzen Badeanzug, die nasse Haut glänzt im Mondlicht wie eine Rüstung.

Zu betrunken, um sie wiederzuerkennen, berührt Matthias Gila am Oberarm, fasst sie an, als wolle er sie näher zu sich heranziehen und sei sich gleichzeitig nicht sicher, ob sie aus Fleisch und Blut ist.

»Is vom Feinsten, der Sekt«, sagt er, »ehrlich, is vom Feinsten . . .« Und er hält ihr die Flasche erneut vors Gesicht.

»Nein«, sagt Gila eine Spur schroffer und streift Matthias' Finger von ihrem Oberarm ab.

Martin sieht, dass sein Bruder mehr getrunken hat, als er vertragen kann.

Verblüfft verfolgt Matthias, wie seine Hand – mit der anderen hält er die Sektflasche umklammert – von dem vermeintlich fremden Mädchen beiseite geschoben wird.

»Was machst du hier?«, fragt Schmitti.

»Du bist doch . . .?«, sagt Jürgen Richter. Auch ihm fällt der Name nicht ein.

Als müsse er Majes beistehen, tritt er einen Schritt auf das Mädchen am Beckenrand zu.

»Spring'n«, sagt Gila.

»Is nachts verboten«, sagt Schmitti.

»Ach?« Gila lächelt. »Wirklich?«

Jürgen Richter bohrt mit seiner Sandale im Rasen.

»Verbot'n«, wiederholt Matthias.

Er bekommt die Zähne kaum auseinander. Das linke Augenlid hängt herab, als sei er unendlich müde.

»Ja?«, fragt Gila.

»Ja«, sagt Matthias. Seine Stimme schwankt zwischen Erstaunen und Ärger.

»Na dann«, sagt Gila. »Und ihr?«

Keine Spur von Angst, denkt Martin, weder vor Matthias noch vor Jürgen Richter oder Schmitti. Martin hingegen hat Angst, weil er nicht weiß, wie sich sein Bruder verhalten wird, und weil er weiß, wie sich ihr Vater bei einem solchen Anlass wahrscheinlich verhalten würde.

»Die Frau eines Chefarztes«, hat Martins Mutter manchmal gesagt, »läuft nicht mit einem Veilchen durch eine kleine Stadt.«

Stattdessen, denkt Martin, reicht sie die Scheidung ein.

»Trink endlich«, sagt Matthias.

»Nein«, sagt Gila erneut. Sie spricht ruhig und bestimmt, wie jemand, der sich seiner Sache sicher ist.

Wie früher, denkt Martin.

Er tritt aus dem Schatten der Hecke, obwohl

seine Beine immer noch weich sind und sein Bauch unterm Zwerchfell ein ängstlich klopfender Knoten bleibt.

Gila macht Anstalten, an Matthias vorbei zur Leiter des Zehnmeterturms zu gehen. Matthias will ihr den Weg verstellen. Sekt schwappt aus der Flasche.

»Komm, Majes«, sagt Jürgen Richter. Er legt Matthias eine Hand auf die Schulter. Matthias schüttelt sie ab.

Martin verkrampft sich, weil er sich weder gegen seinen Bruder noch gegen Gila stellen will. Er sieht Gilas Kleidung, die auf dem Einmeterbrett zum Trocknen ausgebreitet ist. Die Jeans wirken abgetragen. Das T-Shirt ist zerrissen.

Während Gila und Matthias voreinander verharren, unschlüssig, wie weit sie gehen sollen, schießen Martin alte, vergangene Bilder durch den Kopf: Er hatte, während die Sonne hinter den Pappeln unterging und sich der Himmel hinter der Sprunganlage verfärbte, auf den langen, flachen Stufen gesessen, die von der Hitze des Tages aufgeheizt waren, und Gila für ihren Ehrgeiz und ihre Beharrlichkeit bewundert.

Abend für Abend blieb sie während der warmen Monate im Freibad und übte, mit der Erlaubnis des Trainers und der zögerlichen Zustimmung des alten Bademeisters, wieder und wieder die schwierigen Sprünge. Sie hatte ihr Bleiben durchgesetzt, indem sie sich weigerte zu gehen und die Wett-kämpfe gewann.

Einmal, nach einem besonders schwierigen Sprung: Handstand – Stehen – Doppelsalto, fragte sie Martin, der die Sekunden gezählt hatte, die Gila im Handstand innehielt: »Willst du's nicht auch mal versuchen?«

Er hatte sich nicht getraut.

Er war auf den warmen Steinen sitzen geblieben, obwohl ihm der Sprung vielleicht sogar gelungen wäre.

Als Gilas Mutter wenig später gestorben war, tauchte Gila kaum noch im Ort oder im Schwimmbad auf. Nur ihr abendliches Training behielt sie bei, bis das Bad wie immer am Ende der Herbstferien schloss.

Damals war Martin ihr Gesicht weich vorgekommen. Nur wenn sie Anlauf nahm und während sie sich auf den Absprung konzentrierte, lag ein eigenartiger Ausdruck auf ihren Zügen.

Mit genau diesem Ausdruck mustert sie nun Matthias, der stumm und betrunken vor ihr steht und ihr den Weg zur Leiter der Sprunganlage verstellt.

»Trink doch«, sagt Schmitti. Es klingt wie eine Bitte.

Und Jürgen Richter, lang und hager, nickt. Er wirkt wie ein Clown.

Einen Augenblick kann Martin sich und die anderen von oben betrachten, als stünde er auf der Zehnmeterplattform und blicke auf die Gestalten am Beckenrand hinunter.

Er sieht seinen Bruder, der wütend ist und bald die Beherrschung verlieren wird, und seine Freunde, die hilflos sind, weil sie Ärger vermeiden wollen ohne Matthias bloßzustellen. Und er sieht Gila, die unnachgiebig Sekt und Verbrüderung ablehnt.

Einer plötzlichen Eingebung folgend zieht Martin im nächtlich leeren Waldschwimmbad die Jeans und danach sein T-Shirt aus.

Die Kleidung fällt neben ihm auf den Boden. Verwundert mustert Matthias den jüngeren Bruder. Gila nutzt den Moment der Überraschung. Sie nimmt Matthias die Sektflasche ab und stellt sie neben sich auf die Steine. Matthias grübelt, ist unentschlossen: Soll er nach seiner Sektflasche greifen? Soll er sie lassen, wo sie steht? Soll er Gila packen, schütteln? Oder soll er klein beigeben?

Verblüfft schaut er seinem Bruder nach, der an Gila, an Jürgen Richter und Schmitti vorbei auf die Sprunganlage zugeht und die Leiter zum Zehnmeterturm erklimmt.

Siebenunddreißig Sprossen, Martin hat sie jedes Mal gezählt. Er umklammert das Geländer.

Gila wendet sich ihm zu. Sie nickt.

Die Freunde staunen ungläubig. Matthias hebt die Sektflasche achtlos auf, trinkt und stellt sie mit einem Klirren wieder neben Gila auf die Steine zurück.

Martin hört den Schlag der Kirchturmglocke, der evangelischen: viermal und zwölfmal, während er die Sprossen zum Zehnmeterturm hinaufsteigt: neun, dreizehn, zweiundzwanzig, einunddreißig ... Er stellt sich, in hellblauer Unterhose, an die Kante der Zehnmeterplattform und blickt hinab ins Wasser.

»Wow«, sagt Schmitti.

»Ich glaub's nicht«, sagt Jürgen Richter.

Matthias trinkt erneut und sagt nichts.

Als wären die Nacht und das Schwimmbad aus der Wirklichkeit gefallen, erzeugt die plötzliche Stille eine eigene, atemlose Welt.

»Los!«, ruft Schmitti leise.

»Zeig's ihr«, zischelt Jürgen Richter.

»Is mein kleiner Bruder«, sagt Matthias. Entschuldigend hebt er die Achseln.

Gila beachtet ihn nicht.

Martin tritt von der Kante zurück. Drei Schritte Anlauf, er springt. Das Wasser im Becken ist dunkel.

Es ist wie der Sprung von einem Felsen in einen unbekannten Fluss am Grund einer Schlucht, die schmal und eng ist: Indem du dich aufgibst, wirst du eins mit dem Flug, bleibst bei dir, wie es dir sonst niemals möglich wäre. Dreieinhalb Sekunden Flugzeit. Eineinhalb Saltodrehungen. Die Angst und die Schönheit der Empfindung: Reicht die Tiefe des Wassers an der Stelle aus? Der Aufprall auf der Oberfläche. Unvermittelt gibt das kalte Wasser dem Körper Raum.

Martin taucht ein.

»Wow«, sagt Schmitti. »Wahnsinn!«

Jürgen Richter klatscht. Er steht da, lang und hager, und klatscht auf der leeren Liegewiese. Die Gebäude werfen das Echo seiner Schläge zurück.

Er klatscht, bis Schmitti sich ihm anschließt und selbst Matthias sich von seiner Sektflasche trennt und in das Klatschen einstimmt.

Martin stemmt sich aus dem Wasser. Gila mustert ihn und geht langsam zur Leiter des Zehnmeterturms.

Als Martin aus dem Becken steigt, rutscht ihm die hellblaue Unterhose in die Kniekehlen.

»Wow«, sagte Schmitti. Jürgen Richter kichert.

Dann schlagen die Glocken der katholischen Kirche: viermal und zwölfmal. Matthias bückt sich nach seinem Sekt. »Prost«, lallt er, »bin achtzehn.« Keiner achtet auf ihn.

Gila erklimmt die Sprossen der Leiter zum Sprungturm. Auf der Plattform angekommen geht sie vor bis zum Rand, umfasst mit den Fingern die Kante, drückt sich in den Handstand, verharrt mit gestreckten Knien und Füßen – Martin zählt lautlos die Sekunden – und lässt sich, steif wie ein Brett, vornüberfallen, bückt den Oberkörper, umfasst ihre Schenkel und taucht, nach einem doppelten Salto, spritzerlos – ein Schatten – in das dunkle Wasser ein.

Martin läuft eine Gänsehaut kühl über den Körper.

»Boah«, sagt Schmitti.

Jürgen Richter verzieht das Gesicht und kratzt sich, als müsse er als Nächster auf den Sprungturm steigen.

»Gila«, murmelt Matthias. Er macht einen Schritt zur Seite. »Natürlich: Gila.«

Wer sonst, denkt Martin, wer sonst?

Matthias stößt mit dem Fuß an die Sektflasche und die restliche Flüssigkeit versickert zwischen den Fugen der Steine. Während Gila zurück zum Beckenrand schwimmt, als genieße sie jeden Zug, schluckt Martin und Jürgen Richter sagt: »Puh!«

Und Schmitti meint: »Enttäusch uns nicht!«

Und Matthias murmelt: »Mein Bruder, der macht so was mit links – stimmt doch, Kleiner, oder?«

Martin zählt bis siebenunddreißig. Das Wasser wirkt in der Dunkelheit undurchdringlich wie eine Mauer. Er setzt die Hände am Rand der Plattform auf den Stein, umfasst wie Gila mit den Fingern die Kante, spürt den Beton an den Handballen und hebt die gegrätschten Beine vorsichtig in den Handstand, wo er sie langsam schließt.

Die Welt kippt, dreht sich und steht auf dem

Kopf. Die Freunde am Beckenrand schweigen. Gila bewegt sich nicht.

Die Stille ist ein dichtes Tuch, das sich mit jedem Atemzug dehnt und zusammenzieht.

Martin spürt den Lufthauch, der die Pappeln bewegt. Als er, den Kopf zwischen den Armen, vornüber von der Plattform fällt, explodiert die Stille. Die Wirklichkeit kehrt in das Waldschwimmbad zurück.

Als Martin die Brust zu den Schenkeln bückt, hört er das Kläffen eines Hundes. Als er zur ersten Drehung ansetzt, vernimmt er die Stimme eines Wachmanns, ein energisches: »Was soll das?« Dann verliert er während des Fluges die Balance.

Undeutlich registriert er, wie Jürgen Richter und Schmitti Matthias samt seiner leeren Sektflasche hinter sich herziehen und Richtung Drahtzaun rennen. Martin versucht sich im Fallen zu orientieren. Klar und kalt ist das Licht der Sterne, hell und hastig sind die Stimmen der Freunde –

»Wo kam der her?«

»ABM-ler?«

»In dem Alter?«

»Gab's den früher?«

»Keine Ahnung.«

»Geht's noch, Majes?«

»Wo ich grade . . . Mist, der Sekt, ich meine: achtzehn . . .«

»Ist er noch hinter uns her?«

»Wieder! Und sein Köter . . .«

»Scheiße, der gibt nich so schnell auf . . .«

Feiglinge, denkt Martin. Dann schlägt er mit kaum gerundetem Rücken auf dem Wasser auf.

Die Fontäne spritzt über das Dreimeterbrett hinaus. Martin lässt sich, die Kälte lindert das Brennen kaum, zum Grund des Beckens sinken, wo es sehr dunkel ist und still, bis Gila plötzlich neben ihm auftaucht und ihn am Arm berührt.

3

Das Erste, was Martin spürt, als das Brennen an seinem Rücken nachlässt, ist eine Hand, die ihn festhält und zum Beckenrand zieht. Der Mond verschwindet hinter Wolken. Als Martin etwas sagen will, legt Gila ihm einen Finger auf den Mund. »Der Wachmann is noch irgendwo . . .«

Gebückt steigt sie aus dem Wasser, rafft ihre und Martins Sachen zusammen und stopft sie in einen Rucksack, der unterm Einmeterbrett lag.

Am Drahtzaun kläfft der Hund hinter Matthias, Schmitti und Jürgen Richter her, während der Wachmann flucht und erfolglos mit seiner Taschenlampe in den Wald hineinfunzelt und das Brombeergesträuch anleuchtet, das aussieht wie im Märchen.

»Schöne Freunde«, flüstert Gila, während sie am Beckenrand wartet.

Martin stemmt sich hoch und stöhnt.

»Mach hinne!«, murmelt Gila. »Jammern is später. Jetzt is rennen!«

Der Wachmann hat noch immer nicht aufgegeben. Gila und Martin laufen geduckt zu einem Gebüsch hinüber und hocken sich nah am Zaun auf die Erde. Der Hund verbellt den Mond im Becken.

Der Wachmann hechelt, als bekäme er kaum genügend Luft.

»Fast wie früher«, sagt Gila.

»Nich ganz«, murmelt Martin verlegen.

»Stimmt. Bist gesprungen.«

Gila linst zwischen den dichten Zweigen der Sträucher hindurch. Der Wachmann schnauft und dreht sich einmal suchend im Kreis. Auf dem Rasen liegt eine Socke. Der Hund nimmt die Socke in seine Schnauze und trägt sie zu seinem Herrchen.

»Mist«, grunzt Gila. »Dass auch das perfekteste Verbrechen immer an Nachlässigkeiten scheitern muss . . .«

Martin hat Zeit, sie zu betrachten. Einzelne Strähnen der langen Haare sind zu winzigen Zöpfen geflochten. Sie trägt nach wie vor nur den Badeanzug. Gilas Haut ist braun, als sei sie oft in der Sonne gewesen. Ihre Augen wirken metallen, sobald jemand sich ihr entgegenstellt. Ihr Mund verzieht sich dann zu einem schmalen Strich.

»Wie ein Bulle«, murmelt Gila und deutet auf den Wachmann. »Aber ungeheuer lahm . . .«

Martin denkt an Gilas Klamotten, die auf dem Sprungbrett zum Trocknen lagen. Die verschlissenen Jeans, das T-Shirt mit Löchern unterm Arm.

»Ich hätt gern meine Hosen. Und mein Hemd«, sagt er.

Gila lächelt. Sie kramt seine Sachen aus ihrem Rucksack hervor.

»Danke«, sagt Martin, während er versucht möglichst wenig zu atmen und seinen Rücken nicht zu beachten.

»Bitte«, erwidert Gila. Sie mustert Martins hellblaue Unterhose mit dem gerissenen Gummizug und verzieht spöttisch den Mund.

Martin schlüpft in seine Jeans und verheddert sich in seinem T-Shirt.

»Soll ich mich umdrehen?«, fragt Gila.

»Geht schon«, nuschelt Martin. Der Kopf hängt in einem Ärmel seines T-Shirts fest.

Als Martin Hals und Kragen in Übereinstimmung gebracht hat, hört er Gila sagen: »Der is echt selten dämlich.«

Dann bemerkt er, wie der Wachmann mit seiner Taschenlampe sorgfältig jede Plattform der Sprunganlage absucht. Der Hund hat Gilas Socken schon zur Hälfte verspeist.

Durch das dichte Laub der Zweige kann Martin noch einmal seinen Bruder, Schmitti und Jürgen Richter im langen, weißen Gras der Hügelkuppe sehen. Dann sind die drei verschwunden.

»Großartige Freunde«, sagt Gila.

»Was hätten sie denn machen soll'n?«, fragt Martin.

»Pah«, sagt Gila, »und wir?«

Der Wachmann beleuchtet lustlos die Leiter des Zehnmeterturms.

»Ja«, fragt Martin, »was machen wir jetzt?«

»Warten«, sagt Gila, »was sonst?«

»Worauf?«

»Dass er verschwindet.«

»Und wenn er . . .?«

Gila bläst ihre Wangen auf.

»Dann pusten wir ihn um.«

Sie pustet Martin ihren warmen Atem an die Wange und wendet sich ab. Der Wachmann schickt seinen Hund aufs Einmeterbrett. Der Hund findet einen weiteren Socken.

Martin denkt: Es war dumm. Natürlich war es dumm, hierher zu kommen . . .

Er merkt, wie er anfängt zu zittern, und hofft, der Grund sei die Kälte und weniger die Angst.

»Was macht dein Rücken?«, fragt Gila.

Der Hund des Wachmanns frisst auch ihren zweiten Socken.

»Brennt«, sagt Martin, »was denkst du denn?«

Einen Moment wirkt Gila, als würde sie ärgerlich werden. Dann hebt sie die Achseln und rutscht näher an Martin heran.

»Darf ich mal sehen?«

»Nein.«

Pause. Schweigen. Tiefes Atmen.

»Bin ich schuld, dass der Typ mit dem Köter . . .«

»Nein.«

Erneute Pause. Keiner sagt was. Wachmann und Hund umkreisen das Becken, in dem ein Rest des Gummizugs von Martins Unterhose treibt.

»Warum nicht?«, fragt Gila.

»Okay.«

Martin kehrt ihr den Rücken zu. Vorsichtig hebt sie sein T-Shirt und schiebt es behutsam hoch bis zum Hals.

»Sieht gar nicht rot aus«, sagt Gila.

»Ist ja auch dunkel«, sagt Martin.

»Würd ich trotzdem sehen«, sagt Gila.

»Würdest du nicht«, sagt Martin.

Gila hält inne und stemmt die Hände in die Hüften.

Sie nickt, bläst ihm in den Nacken und sagt: »Du zitterst.«

»Die Kälte«, erwidert Martin, während der Hund des Wachmannes den Gummizugrest aus dem Sprungbecken holt und vor dem Mann auf die Steinstufen legt.

»Der mag nur meine Socken«, wispert Gila und streicht mit ihren Fingern vorsichtig über Martins Wirbel und dann an den Schulterblättern entlang.

»Wie fühlt sich das an?«, fragt Gila.

»Wie Finger.« Martin schluckt.

Pause. Schweigen.

»Logisch.« Gila flüstert, als säßen sie in einer Kirche und nicht auf einer Wiese in einem Gebüsch.

Martin erinnert sich an die letzte Party, auf der er – nachdem fast alle gegangen waren – mit Angela auf dem Doppelbett der Eltern gelandet war. Gemächlich ging der Mond vor den hohen Fenstern auf. Martin hatte sich gewünscht Angela zu berühren und zu streicheln. Er musste seine Hände an die Oberschenkel drücken, weil seine Finger zitterten. Die Lippen presste er zusammen, damit die Vorderzähne nicht aufeinander schlugen. Dann sagte Angela: »Ich muss mal auf die Toilette.« Schon hatte sie das Doppelbett und das Zimmer verlassen.

Inzwischen richtet der Wachmann die Taschenlampe auf die Sträucher. Der Hund bellt ohne Überzeugung. Gila bringt Martins T-Shirt in Ordnung.

»Was machst du morgen?«, fragt Martin und wundert sich, dass seine Zähne bei der Frage nicht klappern.

»Meinen Vater beerdigen. Dann kann das Kaff hier verrotten.«

Gila macht eine Handbewegung, als könnte sie mit der Geste die Nacht, das Schwimmbad, einfach alles umfassen.

»Muss morgen früh nur zum Friedhof. Dann fahr ich zurück nach Berlin . . .«

»He!«, ruft der Wachmann. Die Taschenlampe nähert sich nun zügig dem Gebüsch.

»Wuff!«, macht der Hund.

Martin und Gila springen auf und werfen ihre Sachen über den Zaun. Sie krallen sich am Maschendraht fest, rollen über eine Strebe, fallen, kegeln durch das Moos, die Fichtennadeln, nehmen sich an den Händen und lachen.

»Halt!«, ruft der Wachmann. Die Taschenlampe

blinkt und funzelt. Ohnmächtig bleckt der Hund hinterm Zaun die Zähne.

»Ihr seid zu alt«, zischt Gila, während sie, noch immer im schwarzen Badeanzug, hinter Martin her durch den Wald läuft und zwischen den Bäumen verschwindet.

4

Martin und Gila rennen durch eine Fichtenschonung, springen über einen Bach, der beinahe ausgetrocknet ist und trotz der Hitze nach Pilzen und nach Moder riecht, umgehen ein dichtes Brombeergestrüpp, weichen Resten von Stacheldraht aus und hasten weiter durchs Unterholz, bis sie zu einer Lichtung nah einem Hochstand kommen. Dort erst halten sie inne.

Sie setzen sich. Sie schöpfen Atem. Die Nässe von Martins Unterhose dringt durch seine Jeans. Zweimal schlagen die Glocken der evangelischen Kirche. Gila lehnt im Badeanzug an der Leiter des Hochstands. Die Stille zwischen den Bäumen kommt Martin unendlich vor.

Dann bückt sich Gila zu ihrem Rucksack, zieht ihre Jeans an und ihr T-Shirt. Die Umrisse ihres Badeanzugs drücken feucht durch den ausgebleichten Stoff.

Jenseits der Lichtung stehen Kühe auf einer Wiese. Die Welt ist Wald, Mond, Himmel, Muhen.

Martin atmet tief durch, fasst sich ein Herz und fragt Gila ohne sie anzusehen: »Dann war das dein letzter Tag hier?«

Gila fingert an ihren Schnürsenkeln herum und erwidert: »Die letzte Nacht.«

Die Kühe muhen und kommen zum Zaun, um zu schauen, wer auf der Waldlichtung spricht. Man hört ihre mahlenden Kiefer.

Martin, dessen Hände hastig zurückzucken, als er an den Elekrodraht fasst, murmelt: »Letzte Nacht. Logisch.«

Gila richtet sich auf, ein Bein stellt sie dabei auf die unterste Sprosse der Leiter.

»Ich verschwinde. Ganz«, sagt sie. »Vielleicht weit weg. Wo's warm ist. Ans Meer.«

Martin hätte die Hände beinahe noch einmal auf den Elektrozaun gelegt.

»Was willst du am Meer?«

Gila schultert ihren Rucksack.

»Am Meer?« Sie redet leise, als gelte es, schlafende Elfen und Kobolde nicht zu wecken. »Das Meer hat keine Kanten. Es ist wie der Himmel überall.«

Martin schaut zu Boden. Langsam setzt Gila sich in Bewegung. Die Glocken der katholischen Kirche läuten zweimal. Die Kühe stehen unentschlossen in der Gegend herum. Futter? Kein Futter? Sie mahlen das Gras zwischen den Zähnen, kauen und neigen die Köpfe mit ihren weichen Mäulern. Martin bohrt mit den Zehen im Sand.

»Meer gibt's auch hier. In der Nähe . . .« Er hebt den Kopf. »Und Himmel . . .«

Er deutet unbestimmt nach oben.

»Muh«, macht eine Kuh und wendet sich ab. Die anderen trotten hinter ihr her.

Gila geht auf Martin zu. »Ein kaltes Meer.« Sie hebt ihren Blick. »Und der Himmel . . .?«

Still stehen sie voreinander. Ein Vogel steigt flügelschlagend hoch über die höchsten Bäume.

Eine Eule, denkt Martin. Er sucht nach Worten, vergräbt die Hände in seinen Taschen und kramt verlegen darin herum. Plötzlich hat er eine kleine Figur aus einem Überraschungsei zwischen den Fingern, eine Ninja-Turtle-Figur, einen Schildkrötenkämpfer.

Gila soll ihn nicht sehen. Und ehe Martin vor Verlegenheit etwas sagt oder tut, das er später bereuen würde, heult in der Nähe ein Motor auf. Scheinwerfer werden aufgeblendet. Ein Blaulicht geht an. Die Kühe auf der Weide springen mit einem Satz zur Seite und galoppieren verschreckt durch das Gras. Das Auto brettert den Waldweg herunter.

»Anhalten!«, sagt eine Stimme aus Blech. »Stehn bleiben!« Die Megaphonstimme meint keinesfalls die Kühe.

»Weg!«, ruft Gila. »Pronto!«

Unwillkürlich fasst Martin nach ihrer Hand und sie hetzen erneut durchs Unterholz.

»Wir müssen uns trennen!«, sagt Gila, »is besser . . . wenn man abhaut . . .!«

Dann lässt sie ihn los und rennt in eine andere Richtung.

Sehnsüchtig schaut Martin ihr nach. Das Muhen

der Kühe, die Flüche der im Brombeerverhau un-
sichtbaren Polizisten, die den Dornen nicht auswei-
chen können – Sackgasse, denkt Martin. Erst als er
losläuft, merkt er, dass er die Ninja-Turtle-Figur
nicht mehr in der Hand hält.

Es kommt ihm vor, als habe er mit dem Spielzeug
auch Gila für immer verloren.

5

Gila wacht am nächsten Morgen früh auf. Sie hat in einem Gehöft jenseits des Ortsrandes übernachtet. Einen Moment noch bleibt sie liegen und schaut durch die fehlenden Dachsparren in den Himmel, durch die zertretenen Latten auf das umliegende Feld. Das Land ist reifes Korn und Summen von Insekten.

Gila steht auf. Sie rollt ihre Decken zusammen, putzt sich ohne Wasser die Zähne und packt ihre Sachen in den Rucksack. Dabei fällt ihr die Ninja-Turtle-Figur von Martin in die Hände. Sie überlegt, ob sie sie wegwerfen soll, steckt sie aber in ihre Tasche. Sie lehnt den gepackten Rucksack an einen Türpfosten des maroden Stalls und geht, als müsse sie sich dazu zwingen, langsam über den verwahrlosten Hof.

Zögernd betritt sie das Haupthaus durch einen Seiteneingang und verharrt auf der Schwelle. In der großen Küche steht Bierflasche an Bierflasche, alle leer.

Gila muss an ihren Vater denken, wie sie mit ihm auf der Wiese des Hofs – einige Zeit fast jeden Tag – Fußball gespielt hat. Neun Jahre war sie damals gewesen. In einer Hängematte lag ihre ältere Schwester, eine junge Frau, die sich sonnte. Der Vater legte den Fußball zurecht und deutete wortlos in Richtung der Hängematte, während er zwei Finger vor die geschlossenen Lippen hob. Er kicherte und schoss den Ball auf den Bauch der damals Neunzehnjährigen, die empört aus der Matte auffuhr. Die Mutter erschien in der Küchentür, gab vor zu schimpfen und schleuderte lachend einen nassen Lappen nach Gila und ihrem Vater.

Später, als Gila bereits zwölf war, stand sie während eines Wettkampfs auf der Zehnmeterplattform. Der Vater wartete als Trainer am Beckenrand. Gila sprang. Die Mutter klatschte. Sie klatschte als Erste und alle anderen, die zusahen, stimmten ein. Ein Rausch erfasste das Publikum und das Echo des aufbrandenden Beifalls wurde von den alten Gebäuden des Waldschwimmbads zurückgeworfen, so dass sich das Klatschen vervielfachte.

Dann war Gila fünfzehn Jahre alt geworden. Sie stand erneut auf dem Sprungturm und zögerte. Unsicher nahm sie Anlauf und stoppte unmittelbar vor der Kante der Plattform. Obwohl sie den Sprung verweigerte, klatschte ihr Vater Beifall.

Betrunken saß er auf dem Platz, der früher der Mutter gehört hatte. Das Aufstöhnen des Publikums, als Gila kurz vorm Augenblick des Absprungs an der Kante innehielt, hatte ihn aus seinem Tran auffahren und unwillkürlich die Hände ineinander schlagen lassen.

Betreten schwieg das Publikum. Unschlüssig verharrte Gila an der Kante. Sie schien schon einen Schritt zurück zur Leiter machen zu wollen, als ihre Schwester das Schwimmbad betrat. Trotzig straffte Gila sich. Nach kurzer Überlegung setzte sie zum Handstandsprung an. Ihre Zehen zitterten leicht, doch der Sprung, der schwierigste, den sie beherrschte, gelang.

Der Beifall war lauter und hielt noch länger an als beim Wettkampf drei Jahre zuvor. Am lautesten klatschte Martin.

Nur Gilas Vater blickte gedankenverloren in die Richtung seiner älteren Tochter, die noch vor dem Tod der Mutter das Gehöft verlassen hatte und in die Stadt gezogen war. Sie hatte ihren Vater lange nicht gesehen und selten mit ihm gesprochen.

Die Erinnerung löst sich im tanzenden Staub, im Licht, das durch das Dach rieselt, auf. Gila schlägt, als könnte sie so alle Bilder verjagen, mit der Hand an den Türrahmen ohne den Raum zu betreten. Sie hastet zurück, nimmt rasch ihren Rucksack und verlässt den Hof.

Erst will sie über die Felder laufen, durchs Korn, entschließt sich dann aber für den Weg über die Einfahrt. Dort ist ein Schild aufgestellt worden, das den Hof zum Kauf anbietet. Einen Augenblick steht Gila fassungslos davor.

Dann tritt sie auf das Schild ein, bis es umfällt und zerbricht, und wirft die zerborstenen Stücke in

einen kleinen Teich. Die Trümmer teilen den Algen-
bewuchs, bevor sich die blühende Oberfläche wieder schließt, als wäre nichts geschehen, als wäre
der Teich eine Wiese.

6

Als Martin am nächsten Morgen aufwacht, scheint die Sonne in sein Zimmer. Sein Blick fällt auf die hellblaue Unterhose, die über Nacht getrocknet ist und verschrumpelt am Fensterkreuz hängt wie ein albernes Souvenir.

Er dreht sich noch einmal um, schließt die Augen und ruft sich die Bilder der letzten Nacht ins Gedächtnis, als er mit Gila im Gebüsch am Drahtzaun hockte, als er oben im Wald stand und sie, als Silhouette, von der Zehnmeterplattform abspringen sah. Noch einmal drückt sie sich – hinter Martins Lidern – hoch in den Handstand, um sich zum doppelten Salto vornüberfallen zu lassen, dem dunklen Becken entgegen, während das Wasser, undurchdringlich, das Mondlicht reflektiert.

Martin spürt den schmerzenden Rücken, erhebt sich und betrachtet die grünen und blauen Flecken.

Aber es hat sich gelohnt, denkt er und grinst sein Spiegelbild an. Um sich gleich darauf zu ärgern. Warum hatte er auf Gila hören müssen und sich von ihr auf der Flucht im Wald getrennt? Obwohl die Polizisten sich längst im Brombeerverhau verheddert und dort festgesessen hatten? Trennen, um besser abhauen zu können? Unsinn, denkt Martin.

Während er den Kopf unter kaltes Wasser hält, um wach zu werden, kontrolliert er mit halbem Ohr die Nachrichten auf dem Anrufbeantworter. Bei seiner Rückkehr gestern Nacht hatte er nicht auf den Apparat geachtet und, während er schlief, die Anrufe überhört.

Die erste Nachricht muss Jürgen Richter noch vor seinem Aufbruch ins Waldschwimmbad hinterlassen haben. Sie weist auf einen Umschlag hin, den Martin im Briefkasten finden wird: eine Beschreibung der Reiseroute samt der Abfahrtszeiten der Bahnen, Busse und Fähren sowie der Adressen der Jugendherbergen. Alles akkurat aufgelistet. Martin kann den Inhalt des Umschlags vor sich sehen ohne ihn geöffnet zu haben –

»In Irland«, Jürgens Stimme auf dem Anrufbeantworter klingt jetzt ein wenig bedenklich, »kann es mit den Quartieren manchmal ein bisschen eng werden . . .«

Es folgen Schmitti und Matthias, die nachts aus einer Telefonzelle angerufen haben und mit eiligem Atem hoffen, auch Martin möge die Flucht aus dem Schwimmbad gelungen sein.

»Mann, Alter, war das 'ne Show!«

»Dein Bruder«, sagt Schmitti noch, bevor ein stetes Piepen das Ende der Telefonkarte signalisiert, »wird, obwohl er voll knülle ist, wach bleiben, bis du kommst.«

Pause. Atmen. Atmen. »Ham wir so abgemacht.«

Ein leeres Versprechen, wie sich herausstellte. Als Martin leise nach Hause gekommen war, schlief Matthias seinen Rausch aus und schnarchte regelmäßig bei offener Zimmertür.

Ehe Martin die dritte und vierte Nachricht abhört, geht er kurz unter die Dusche, verlässt jedoch, kaum dass der Wasserstrahl hart und unangenehm prickelnd über die lädierten Stellen seines Rückens fährt, die Kabine und trocknet sich ab.

Die dritte Nachricht, eine Botschaft seiner Mutter, ist lang und bringt nach einigen Anläufen den vorsichtigen Wunsch zum Ausdruck, Martin möge sie auf seinem Weg nach Irland – »nun, nach meinem wohl etwas überstürzten Fortgang« (sie sagt nicht Auszug, sondern Fortgang) – doch in London besuchen.

London, denkt Martin, Regen.

Die vierte Nachricht, gesprochen von einer Mädchenstimme, die eigenartig rau und gepresst klingt, ist dagegen kurz: »Hab deine Nummer aus'm Telefonbuch. Hoffe, du hast es geschafft.«

Martin lächelt.

Danach hat das Band ein endloses Tuten aufgezeichnet, als sei die Leitung besetzt. Unschlüssig hockt sich Martin auf sein zerwühltes Bett.

Er sieht sich in seinem Zimmer um, mustert den Rucksack und die Wanderkarten. Alles ist abgemacht, geplant, verabredet, durchdacht. Und, soweit es Jürgen Richter und Schmitti betrifft, in hellen Farben ausgemalt: »Mann, Alter!«

Irland, denkt Martin, was soll das werden?

Dann hört er sich erneut die vierte Nachricht an.

Es ist halb neun. Zu früh, wenn Martin bedenkt, dass er ab heute Ferien hat. Ferien bedeuten: Schlafen. Schlafen, bis du betäubt bist und die Welt sich in Watte verbirgt.

In spätestens einer halben Stunde wird die Haushälterin kommen. Bis dahin muss er sich entschieden haben. Er braucht zwei Minuten.

Er löscht die ersten drei Nachrichten auf dem Anrufbeantworter, nimmt das Band aus dem Fach und steckt es in eine Seitentasche seines seit Tagen gepackten Rucksacks. Er nimmt die Unterhose vom Fensterkreuz, will sie anziehen und bemerkt den gerissenen Gummizug. Er hängt sie zurück und lässt sie weiter in der Sonne verschrumpeln, schlüpft in die Jeans, zögert und guckt sich – etwas benommen – ein letztes Mal in seinem Kinderzimmer um. Er nickt dem Gegenüber in der Fensterscheibe zu und schleicht – seine Füße kennen die Dielen, die im Flur knarren – zum Zimmer seines Bruders, der angekleidet auf seinem Bett liegt und noch immer regelmäßig schnarcht.

Martin tippt Matthias an die Schulter, murmelt: »He, Majes, wach wenigstens jetzt mal eben kurz auf!«

»Komm, Kleiner, lass mich! Lass mich noch was schlafen . . .!«

Matthias wälzt sich auf die andere Seite und schnarcht einfach weiter. Martin steht neben dem Bett. Er betrachtet den schlafenden Bruder – *»wird wach bleiben, ham wir so abgemacht«* – und fasst einen Entschluss.

Rasch und ohne Matthias erneut zu wecken zieht er das Schubfach des selten benutzten Schreibtischs auf. Weinrot und säuberlich auf einem Stapel aus Rettungsschwimmernachweis, Impfpass, Personalausweis und Benutzerkarte der neuen Mediathek liegt dort der Reisepass des seit gestern volljährigen Bruders – der Martin auf dem etwas älteren Foto zum Verwechseln ähnlich sieht.

Martin nimmt das Dokument aus dem Fach, schiebt es in seine Jeans und wirft seinem immer noch fest schlafenden Bruder zum Abschied einen Handkuss zu. Geräuschlos schließt er die Lade.

Im Flur muss er zweimal tief durchatmen, bevor er sich vor den Garderobenspiegel stellt. Noch einmal vergleicht er Passfoto und Spiegelbild. Verblüfft von der Ähnlichkeit schüttelt Martin den Kopf.

»Jetzt bin ich Matthias Waltermann. Volljährig. Erwachsen.«

Ein Schauer läuft ihm die Wirbel langsam hinauf bis zum Nacken. Martin versucht zu lächeln.

Er sieht sich auf dem Hocker vor dem Klavier sitzen, während die Mutter packt. Sie will weg sein, ehe ihr Mann von seinem Ärztekongress zurückkommt. Matthias trägt Koffer und Taschen zum Auto. Und während der ältere Bruder draußen den Ölstand des Wagens kontrolliert, hört sich Martin auf die Fragen seiner Mutter geduldig antworten: »Ja, nur eine Wanderung . . . Nein, durch Irland . . . Ja, Salamanca, das war mal . . . Nein, kein Mädchen, keine *Freundin*. Nur Schmitti, Jürgen und ich.«

Martin muss lächeln. Doch obwohl sein Spiegelbild erleichtert die Lippen verzieht, wendet er sich beklommen ab.

Trotz aller Ähnlichkeit bleibt er *Martin* Waltermann: Einer, der manchmal stottert, wenn er aufgeregt ist, dem die Hände zittern, wenn er Angela streicheln will, und der sich nicht traut sie anzurufen, weshalb sie in Salamanca mit ihrem Cousin »Spanisch« lernt – einem Cousin zweiten Grades, na ja.

Das alles scheint ihm sein Spiegelbild zuzuflüstern. Martin dreht den Spiegel mit dem Gesicht zur Wand.

»Wir werden ja sehn!«

Er huscht über die Teppichfliesen und dann die Treppe hinunter ins Erdgeschoss, wo die Zimmer wegen der Stahlrolllladen vor den Fenstern dämmerig sind. Kühl und feucht und abgestanden hängt die Luft in den Räumen.

Martin schleicht zum Zimmer seines Vaters. Der

liegt erschöpft vom Kongress und vom anschließenden Nachtdienst schlafend auf dem Doppelbett, noch ohne neue Freundin.

Nah der kippligen Nachtkommode hängt seine
Hose. Martin fasst vorsichtig in die Taschen und
hält das Portemonnaie seines Vaters in der Hand.
Nur eine einzige Plastikkarte befindet sich darin,
die dem Chefarzt Zugang zum Krankenhaus ver-
schafft. Einen Augenblick zögert Martin. Dann
entnimmt er der Börse annähernd achthundert
Mark.

Lächeln, Papa, lächeln.

Er horcht auf den Rhythmus der leisen und ruhigen Atemzüge. Er denkt an seine Mutter in London
oder auf dem Weg dorthin. Er nickt und legt das
Portemonnaie samt Magnetkarte auf die weiße
Hose, so dass es sein Vater, wenn er aufwacht,
nicht übersehen kann.

Martin pirscht sich zurück in den ersten Stock,
wirft einen letzten Blick in sein Zimmer, nimmt seinen Rucksack und sein Erspartes, knapp tausend-
einhundert Mark, aus dem Schrank, hört, wie die
Haushälterin ihren Wagen knirschend auf dem Kies
der Einfahrt vor der Garage parkt, und schlüpft –
keiner soll ihn gesehen haben – die rückwärtige
Treppe hinunter und durch die Verandatür hinaus.
Er schwingt sich übers Geländer.

Neunmal schlagen die Glocken, erst der evangelischen, dann der katholischen Kirche. Martin ver-

schwindet durch den Garten der Nachbarn, die schon in den Ferien sind. Wenn er sich beeilt, kann er den Friedhof zwischen Wald und Autobahn in zwanzig Minuten erreichen.

7

Auf dem Friedhof hat der Pfarrer seine Rede soeben beendet und Gila tritt von der Grabstelle ihres Vaters zurück.

Sie und ihre ältere Schwester Helen sind die einzigen Trauergäste gewesen, niemand sonst hat den Vater auf seinem letzten Weg begleiten wollen. Kein Jugendlicher, den er im Verein trainiert hatte, kein Clubkamerad, keiner der *Kleinstadthonoratioren* – was für ein Wort, denkt Gila. Kränze schicken ist alles, was die zustande bringen!

Nur meine Schwester, denkt sie, die ist natürlich gekommen. Stiefschwester, fügt sie in Gedanken hinzu, gerade die hätte ich hier am wenigsten sehen wollen.

Wäre sie damals geblieben oder nach Mamas Tod wenigstens zu uns zurückgezogen, wäre vielleicht alles anders gekommen ... Ganz gewiss!, denkt Gila, während sie merkt, wie die Wut langsam in ihr wächst. Helen, allein der Name! Klingt wie von einem Werbeplakat! Als hätte ihn die Schwester sich selber ausgesucht.

Der Pfarrer verschwindet in der Kapelle. Der Friedhofsgärtner wartet darauf, die Kränze ordnen und die kleinen Wege rings um das Grab harken zu können. Neben der modisch gekleideten Schwester wirkt Gila schmuddelig und abgerissen. Sie starrt vor sich hin und tritt nach Grasbüscheln und Steinen.

Helen Boosekamp mustert die Jüngere verstohlen aus den Augenwinkeln. Sie fühlt sich ungerecht behandelt und hat dennoch ein schlechtes Gewissen. Warum?, fragt sie sich. Warum habe ich jedes Mal den Eindruck, ihr helfen zu müssen? Weil ich Geld habe und sie mir allein durch ihre Kleidung unter die Nase reibt, das sei falsch? Oder weil sie für mich immer »die Kleine« bleiben wird? Sie schaut nach dem Grab ihres Vaters und wünscht sich, er wäre noch immer groß und stark und lebendig.

Unwillkürlich bückt sie sich zu einem der Kränze und streicht die Schleife mit den letzten Grüßen des Turn- und Schwimmvereins glatt: *Für unseren Trainer, Heinz-Dieter Krawietz.*

Gila empfindet die Geste ihrer Schwester als scheinheilig und beißt sich vor Ärger auf die Unterlippe. Dann beginnt sie, obwohl sie sich hatte beherrschen wollen, den Streit.

Weil ein Zug am Friedhof vorbeifährt, kann der Gärtner – der die Augen senkt, aber die Ohren aufsperrt und den Kies zu einem Häufchen zusammenkehrt, um ihn danach wieder auf dem Weg zu verteilen – nur aus den Gesten schließen, wie heftig die Auseinandersetzung zwischen den Schwestern ist. Kaum hat der Zug den Friedhof passiert, schweigen Gila und Helen. Entfernt ist der Verkehr der Autobahn zu hören. Die Schwestern starren sich an, als würden sie einander ins Gesicht springen wollen.

Im Gegensatz zum Duell im Schwimmbad, dem Kräftemessen mit Matthias, wirkt Gila hier kein bisschen überlegen. Sie sagt, und ihre Stimme klingt eisiger als eisig: »Kannst quatschen, was du willst. So'n Schild ›ZUM VERKAUF‹, wenn er noch nich mal . . .«, sie deutet dabei auf das Grab und die Kränze, »da muss man 'n besonderes, 'n spezielleres Arschloch sein.«

Der Friedhofsgärtner harkt ununterbrochen weiter, als wäre der Kies auf den Wegen erneut in Unordnung geraten. Helen erwidert: »Wer hat ihm denn den Platz im Sanatorium besorgt?«

»Hat nur nix genutzt«, murmelt Gila und schaut nach den Blättern der Bäume.

»Teuer war's trotzdem.« Helen zieht mit der Schuhspitze im geharkten Kies einen Kreis.

»Ah«, sagt Gila, »die Architektin, die *Managerin*! Und jetzt will sie ihre Kosten . . . rasch wieder reinwirtschaften?«

»Du hast dich ja nicht um ihn gekümmert.« Nüchtern sagt Helen das und blickt Gila dabei kalt in die Augen. »Du warst ja in Berlin bei deinen . . . Pennern.«

Gila schlägt ihrer Schwester ansatzlos ins Gesicht. Dann nimmt sie ihren Rucksack und geht, während Helen nachdenklich hinter ihr herschaut und sich über die Wange streicht.

Schnell verschwindet Gila Richtung Autobahn. Das Singen des Verkehrs, das Pochen des Blutes in ihren Adern. Weg, nur weg! Der Friedhof, das ganze Kaff soll verrotten! Ein feiner Schleier aus Feuchtigkeit legt sich vor ihre Augen.

Sie sieht nicht, wie Helen den Kopf schüttelt und sich noch immer die Wange hält, während der abseits stehende Friedhofsgärtner betreten beiseite sieht und harkt, als müsse er den Kies auf den Wegen für alle Ewigkeit glätten und mit einem makellosen Muster versehen.

8

Als Martin atemlos am Friedhof ankommt, ist die Beerdigung längst vorbei und auch Gilas Schwester hat den Friedhof verlassen. Der Gärtner ordnet die wenigen Kränze und Blumengebinde auf dem Grab mit dem schlichten Grabstein. Er schüttelt, sobald er an die Szene denkt, die sich soeben abgespielt hat, ungläubig den Kopf.

HEINZ KRAWIETZ steht auf dem Grabstein. Dazu Geburts- und Todestag. Sonst ist der Friedhof leer.

Die Bäume, wenige Buchen sowie Lärchen, Fichten und Kiefern, geben den Gräbern Schatten.

Einen Moment lang ist Martin verwirrt und fühlt sich aufgrund der Stille und der Grabsteine beklommen, ehe er hinüber zum Friedhofsgärtner geht.

Der Mann, dessen Rücken gekrümmt bleibt, als er sich aufrichtet, bestätigt, dass das Mädchen, das Martin ihm beschreibt, der Beerdigung beigewohnt hat. »Beigewohnt«, sagt er und dann: »Sie hat sich gestritten. Mit ihrer ält'ren Schwester, glaube ich.«

Martin nickt. Dann nickt er noch einmal. Gilas Schwester kennt er kaum.

»Tja.« Der Gärtner hebt die Schultern. »Schließlich ist sie zur Autobahn. Glaube ich«, sagt er und harkt ein unsichtbares Blatt vom schon geharkten Kies.

Martin kommt sich fehl am Platz vor. Es scheint ihm, als müsse er etwas sagen, aber ihm fällt nichts Angemessenes ein.

So stehen er und der Friedhofsgärtner einen Augenblick voreinander und beide zucken verlegen die Achseln und geben einander zum Abschied behutsam die Hand.

Erst zögert Martin. *»Auf einem Friedhof rennt man nicht!«* Die Worte seiner Mutter klingen ihm im Ohr.

Dann läuft er los, Richtung Autobahnauffahrt, als hetzten ihn die Gräber und der gebückte Mann im Rücken. Als er dort eintrifft, sieht er, wie Gila in einen Porsche steigt, ein älteres Modell, der mit durchdrehenden Reifen Gas gibt und davonfährt.

Martin springt mehrmals wild winkend in die Luft, doch weder Gila noch der Porschefahrer scheinen ihn zu bemerken.

Er schmeißt den Rucksack in den Rinnstein und streckt, trotzig, aber mutlos, den Daumen in die Luft.

Aus!, denkt Martin, Ende!

Ähnlich wie gestern im Wald würde er sich am liebsten neben der Fahrbahn ins Gras setzen und anfangen zu weinen.

9

Es ist das erste Mal, dass Martin trampt.

Noch könnte ich nach Irland, denkt er. Er gibt sich zehn Minuten. Wenn er nicht rasch hier wegkommt, sind seine Chancen, Gila noch zu erwischen, geringer als null.

Doch kaum hat er seinen Rucksack im Rinnstein wieder aufgerichtet, hält neben ihm ein Cabrio mit einer jungen Frau am Steuer, die aussieht wie aus einer Hochglanzwerbung für ultra-elegante Kleidung, dazu ein bisschen zerzaust. Auf ihrer Wange zeichnet sich blass der Abdruck von fünf Fingern ab. Wortlos öffnet sie Martin die Beifahrertür.

Eilig steigt er in das schnittige Gefährt, und während er den Rucksack auf die Rückbank wirft, klappt die Frau das Verdeck des Cabrios herunter.

Sie fährt mit quietschenden Reifen an und lässt unvermittelt eine Kaugummiblase platzen.

Findet Martin merkwürdig. Unpassend. Beinahe ein bisschen unappetitlich.

»Helen«, sagt die Dame, deren Mund von der nächsten Blase fast vollständig verdeckt wird.

Sie reicht Martin die Hand, lenkt und schaltet mit zwei Fingern und setzt ihren Wagen auf die Überholspur.

Erst jetzt erkennt Martin die Frau im Cabrio. Unwillkürlich zuckt er zusammen. Warum musste er ausgerechnet zu Gilas Schwester ins Auto steigen? Er mustert sie scheel von der Seite. Genau, denkt Martin, ich hab sie das letzte Mal bei einem Sprungwettkampf als Zuschauerin gesehen. Muss aber lange her sein.

»Wo willst du hin?«, fragt Helen brüsk.

Sie scheint nichts mit ihm anfangen zu können. Kein Zeichen, dass sie ihn wiedererkennt. Der Abdruck der Finger tanzt auf ihrer Wange, während die Zähne das Kaugummi mahlen.

»Martin«, sagt Martin, der ihr nicht richtig zugehört hat, sondern den Verkehr und vor allem die Insassen der Wagen, die Helen zügig überholt, aufmerksam beobachtet.

»Ich meine«, fügt er hastig hinzu, »Matthias. Ich heiße Matthias.«

»Schon gut.«

Eine zweite Kaugummiblase platzt vor ihren silber-weiß-lila bemalten Lippen, die ebenfalls nicht zu ihrer sonstigen Kleidung passen. Gedeckt, denkt Martin. Würde meine Mutter sagen. Klar, denkt er, die Beerdigung! Au backe!

»Bist du nicht der Sohn von . . . ich meine, dem Chefarzt?«

Nun erst wirkt es, als würde sie sich vage an ihn erinnern. Doch da sie sich auf den Verkehr konzentriert, übersieht sie Martins Nicken.

»Wo willst du hin?«, fragt sie erneut und scheint schon zu bedauern ihn überhaupt mitgenommen zu haben. Das Rauschen eines Lasters schluckt Helens Worte. Martin antwortet ihr nicht, sondern starrt stattdessen geradeaus. Dort, irgendwo dort vorne müsste Gila sein.

Abrupt beschleunigt Helen das perlgraue BMW-Cabrio. Sie betrachtet ihren Mitfahrer, ohne dass Martin es bemerkt.

»He, wohin willst du?«

»Weiß nich«, murmelt Martin, dem es peinlich wäre, Gila zu erwähnen. Soweit er sich erinnert, haben sich die beiden nie besonders gut verstanden. Die Autos rutschen rechts ruhig hinter dem perlgrauen Cabrio weg. Kein Porsche ist zu sehen.

»Weißt du nich?«

Helens Kaugummiblase legt sich wie eine zweite Haut über ihre Lippen und Wangen. Der blassrote Fingerabdruck verschwindet darunter. Martin muss an ein Alien denken. Helen kämpft mit der Kaugummihaut und tritt das Gaspedal bis zum Anschlag durch.

»Musst doch ein Ziel haben«, nuschelt sie, während sie versucht das Kaugummi loszuwerden, indem sie mit den Zähnen die zähe Schicht von Kinn und Unterlippe schabt.

Martin zuckt verlegen die Schultern.

Helen überholt Wagen um Wagen.

»Hat jeder, ein Ziel. Oder?«

Die Kaugummireste fusseln von ihrer Oberlippe.

»Wärst ohne Ziel nicht losgefahren. Oder?«

Jedes »Oder?« klingt eine Spur schärfer. Außerdem hat Martin den Eindruck, dass das perlgraue BMW-Cabrio der linken Leitplanke manchmal erheblich zu nahe kommt. Ständig hält er nach dem Porsche Ausschau. Warum lässt sie mich nicht in Ruhe?, denkt er. Und wo ist Gila?

Helen, Kaugummi am Kinn, starrt ihren Mitfahrer an wie ein Tier, das längst ausgestorben sein müsste. Vor ihnen am Rand der Autobahn taucht plötzlich ein Raststättenschild auf. Unwillkürlich schaut Martin nach rechts. Da steht tatsächlich der Porsche!

Motorhaube aufgeklappt, ein hungriges Maul, parkt er in der Nähe der Tanksäulen, brät, mattschwarz, in der Sonne.

»Da!«, sagt Martin.

Sein Finger deutet hinüber zu den Zapfsäulen, die noch hundert Meter entfernt sind.

»Da will ich hin!«, wiederholt er.

Sei es, weil Helen durch ihren Kaugummi abgelenkt ist, sei es, weil Martin mit seinem Finger derart entschieden auf die wenig besuchte Raststätte zeigt, jedenfalls zieht Gilas Schwester wie am Faden gezogen nach rechts. Halsbrecherisch wäre kein Ausdruck. Empörtes Hupen begleitet sie. Sie landet, da überall Autos sind, auf dem Nothaltestreifen. So dass sie, einmal eingefädelt, auf die Einfahrt zur Raststätte gerät und, begleitet vom Brummen der Basshupen aufgebrachter Lkw-Fahrer, an den Zapfsäulen vorbeischießt. Erst auf dem Parkplatz vor dem Motel bremst sie ihr perlgraues Cabrio.

Sie mustert Martin. Gleich wird sie ihn anbrüllen. Sie holt nur noch Luft. »Was soll das jetzt, he?«

Martin, dem es nun noch unangenehmer wäre, den Grund, also Gila, zu nennen, macht eine unbestimmte Geste – die alles bedeuten kann oder nichts: »Na ja . . . Weiß nich.«

Gila kann er nirgends sehen.

Helen hat ausreichend Atem geschöpft. Sie ist mit ihrer Geduld am Ende.

»Was? Du lässt mich quer über sämtliche Fahrspuren kariolen und weißt nicht, was du hier willst?«

Martin, der nur noch aussteigen möchte – irgendwo muss Gila ja sein –, murmelt: »War wirklich nett von dir.«

»Wie?«, fragt Helen. »Raus!«

»Siehst du . . . Sehn Sie . . .«, murmelt Martin.

»Raus!«, sagt Helen, gefährlich sanft. »Oder soll ich dir Beine machen?«

»Okay, okay«, nuschelt Martin.

Einen Moment fürchtet er, Helen könnte ihn schlagen.

Kaum hat er die Tür geöffnet und einen Fuß auf den Asphalt gesetzt, gibt Helen Gas und Martin hat

Mühe, seinen Rucksack noch von ihrem Rücksitz zu reißen.

Am Boden klebt ein Geschäftsbrief sowie ein Kaugummi, das weich wirkt und klebrig aussieht und das Martin angewidert vom Rucksackboden rubbelt.

Er winkt mit dem Brief, um Helen darauf aufmerksam zu machen. Aber Gilas Schwester hat die Ausfahrt des Rastplatzes schon fast erreicht und zeigt – elegant sieht sie aus im Cabrio mit heruntergeklapptem Dach – ihrem undankbaren Mitfahrer den gestreckten Finger.

Gedankenlos steckt Martin das Papier in die Tasche, schultert seinen Rucksack und läuft hinüber zum mattschwarzen Porsche, der mit geöffneter Haube bei den Zapfsäulen parkt.

Wieder werden seine Schritte langsamer und langsamer. Was soll er zu Gila sagen, wenn er ihr gegenübersteht? Als er sich dem Porsche bis auf wenige Meter genähert hat, taucht der Fahrer des Wagens unter der Motorhaube auf und murmelt: »So eine Scheiße!«

Er ist ebenfalls elegant gekleidet, obwohl er in einem Hochglanzmagazin allenfalls den Gangster geben könnte. Gesicht und Krawatte sind ölverschmiert. Er kann seine Wut nur mühsam beherrschen. Martin nähert sich ihm vorsichtig.

»Kann kein' mitnehm'«, faucht der Fahrer, ehe Martin ihn ansprechen kann. »Siehst ja!«, fügt er hinzu und will sich wieder dem Motor zuwenden, der ebenso ölverschmiert aussieht wie die Hände des Fahrers.

Kleinlaut fragt Martin: »Ist nicht mit Ihnen ... ich meine, ein Mädchen?«

Eingehend mustert der Fahrer Martin aus der Tiefe des Motorraums. Statt zu keifen und aufzubrausen, senkt er die Stimme und antwortet unangenehm leise: »War 'ne saudumme Göre. Hat sich schneller verpisst, als du blinzeln kannst.«

Er richtet sich auf, sieht Martin an und nähert seinen Mund, der nach Ruß und Motorenöl riecht, Martins überraschtem Gesicht.

»Ist das deine Freundin?«

Martin schüttelt energisch den Kopf. Der Fahrer taucht zurück unter die Haube.

»Kannst du von Glück sagen, Junge – echt! Bestell ihr, wenn du sie sehen solltest: So 'ne Pute wie die is ... billich! Mein Schnucki« – er streichelt dem Porsche über den nun ebenso öligen Kotflügel – »is für so 'ne Pute echt zu schade. Echt zu schade! Sag ihr das, wenn du sie siehst!«

Der Fahrer widmet sich Öl und Ventilen. Martin bleibt verdattert stehen. Eine Taube hockt sich über dem Wagen auf ein Wurst- und Frikadellenschild. Als die Taube aufs Autodach kackt, lächelt Martin und geht.

10

Mutlos kommt Martin aus dem Imbiss. Er wirft einen Blick in die Runde. Gila ist nirgends zu sehen. Auch ihren Rucksack kann er nirgendwo auf dem Rastplatz entdecken.

Der Porschefahrer schraubt noch immer an seinem Wagen herum. Die Taube hat das schaukelnde Wurst- und Frikadellenschild verlassen und hockt auf den höchsten Zweigen eines kümmerlichen Baums.

Unschlüssig stellt sich Martin vor die Telefonkabinen, die alle besetzt sind. Er zählt sein Kleingeld. Dabei fällt ihm eine lädierte Telefonkarte sowie der Geschäftsbrief von Helen wieder in die Hände. Boosekamp scheint ihr Nachname zu sein. War verheiratet, denkt Martin. Oder ist verheiratet. Oder wollte nur nicht mehr Krawietz heißen? Was mach ich mir darüber Gedanken?, denkt er. Aus dem Geschäftsbrief geht hervor, dass Helen Boosekamp ein Architekturbüro betreibt, dessen Kunden offenbar nicht immer pünktlich zahlen.

Während er den Brief zurück in seine Tasche stopft und versucht die Telefonkarte behutsam wieder gerade zu biegen, tippt ihm jemand auf die Schulter und sagt: »Hi!«

Gila! – Martin zuckt zusammen.

»Weit und breit weder ... Sprungtürme noch -becken?«

Gila lächelt.

Martin schweigt.

»Was macht dein Rücken?«, fragt sie. Und als er keine Antwort gibt: »Ts, ts, das wird man mal weitererzählen: Der enorm talentierte Turmspringer Martin Waltermann trifft unverhofft ein Mädchen, das er kennt, auf einer Raststätte im Nirgendwo zwischen Wald und Feldern.«

Martin weiß nicht, wie er sich verhalten soll. Er windet sich. Er schaut zu Boden –

»Ich ... ich meine, ich ...«, stottert er.

»Klare Antworten mag ich«, sagt Gila. »Aber was soll's: Du bist mir gefolgt. Du hast mich gefunden. Das nenn ich: Schwein ohne Ende.«

Martin würde am liebsten im Erdboden versinken. Aber der Boden der Raststätte ist fugenlos betoniert.

Nach einer Weile gelingt es ihm, Gila immerhin anzusehen.

»Wo fährst du hin? Wolltest du nicht ... ans Meer?«

»Berlin.«

»Wieso?«

»Is notwendig.«

»Wo warst du eigentlich vorhin?«

»Hä? Wie: Wo ich war?«

»Na hier. Ich meine, auf dem Platz.«

Gila, die nun erst begriffen hat, was Martin meint, murmelt: »Pinkeln. Im Wald. Billiger ... Und du? Ich dachte, du machst Urlaub. So was wie Interrail vielleicht?« Sie lächelt spöttisch.

Verlegen heftet Martin seinen Blick erneut auf Gilas Turnschuhe. »Hab meine Pläne halt geändert.«

»Ach ja?«, sagt Gila.

Sie stehen schweigend voreinander, als befänden sie sich wieder im Wald und dürften sich nicht bewegen, während ihre Verfolger wie blinde Käfer durch den Brombeer-Dornenbusch-Verhau krabbelten auf der Suche nach einem Ausgang.

Dann fragt Gila unvermittelt: »Willst du mitkomm' ... Turmspringer Waltermann?«

»Warum nicht?«, sagt Martin.

»Ach«, sagt Gila, »warum *nicht*?«

Martin sieht ihr direkt in die Augen. »Ich würde gerne mitkommen.«

Gila mustert ihn von oben bis unten, als hätte er sich bei ihr um eine Anstellung beworben, und sagt: »Dann brauch'n wir noch was zum Fahren. Der Porsche dahinten is Schrott.«

11

Martin schreckt auf.

Er kauert mit angezogenen Knien und schmerzenden Nackenmuskeln auf der Rückbank eines Golf GTI. Die Kopfstütze fühlt sich feucht an. Über ihm spannt sich das Dach. Er spürt seinen lädierten Rücken, die blauen und grünen Flecken. Die Fenster sind heruntergekurbelt. Es muss schon spät am Nachmittag sein. Die Sonne steht tief. Davor stehen Pappeln.

»Wo bin ich?«, fragt Martin verwirrt.

Lächelnd mustert ihn Gila, die neben ihm an der Autotür lehnt. »Wieder auf einer Raststätte. Der Fahrer ist pinkeln, der biegt bald ab, wir müssen uns was andres suchen . . .«

»Hab ich . . .?«

»Geschlafen. All the time.«

Martin kommt langsam wieder zu sich.

Er blickt Gila an. Oben links fehlt ihr ein Eckzahn. Unvermittelt muss Martin an Jürgen Richter und seine Art, Bierflaschen zu öffnen, denken. Durch die Zahnlücke saugt Gila ohne es zu bemerken Luft, sobald sie ein wenig unsicher wird. Je nachdem, wie sie die Zunge an die benachbarten Zähne drückt, entsteht ein Geräusch zwischen Zischen und Pfeifen, das Martin schon gestern Nacht im Schwimmbad aufgefallen ist.

»Hab schon was organisiert«, sagt Gila. »Da drüben.« Sie deutet auf die Parkbuchten der Lkws.

Kurz darauf sitzen sie in einem Laster, der ohne großes Tempo auf die Autobahn fährt.

Martin ist noch immer benommen. Der Fahrer des Trucks nimmt kaum Rücksicht auf den übrigen Verkehr. Hupt jemand, schaut er in den Rückspiegel und grinst.

An der Halterung des Spiegels schaukelt ein Püppchen mit bloßen Brüsten. Aus dem Recorder kommt Country-Musik. Sie sitzen zu dritt auf der Vorderbank. Martin sitzt neben dem Fahrer und muss, sobald der untersetzte Mann neben ihm schaltet, das linke Bein zur Seite nehmen. Gila sitzt an der Beifahrertür. Unter ihren Beinen hat sie die Rucksäcke verklemmt.

Als der Lkw-Fahrer von der Raststätte abbiegt und sich auf der rechten Spur einfädelt, wendet er sich seinen Mitfahrern zu.

»Erwin. Und ihr?«

Er will Gila über Martin hinweg die Hand reichen und blockiert das Lenkrad mit den Knien.

Widerwillig streckt Gila ihm ihre Hand entgegen.

Bevor Erwin sie ergreifen kann, packt Martin zu und schüttelt die Pranke.

»Matthias. Meine Freunde nennen mich Majes. Von Majestät, verstehen Sie?«

Gila lacht leise. Erwin ist verdutzt und fasst sein Lenkrad wieder beidhändig an. Hinter ihm wird erneut gehupt.

Mit Blick auf Martin fragt er: »Wie alt bist du eigentlich, Junge? Will sagen: Majestät?«

»Voll volljährig.«

»Toll, Cowboy. Und deine Freundin?«

»Ebenso.«

Erwin wendet sich an Gila. »Redet der immer so, dein Freund?«

Gila schweigt und zuckt die Achseln.

Erwin, zunehmend verärgert: »Was is mit ihr? Kann oder will sie nich reden?«

»Gepiercte Zunge.« Martin hebt entschuldigend die Schultern. »Hat sich entzündet. Eitert.« Er formt mit den Händen eine Kugel. »So'n Ballon!«

»Kaum zu glauben«, sagt der Fahrer zweifelnd. »*In the ring of fire*«, jubiliert sein Recorder. Verärgert runzelt der Lkw-Fahrer die Brauen, während die Sonne gemächlich hinter den Hügeln versinkt.

12

Während Martin neben Gila in der Kabine des schweren Lkws hockt und den Geruch ihrer fremdartigen Seife vermischt mit dem Duft ihrer Haare wahrnimmt, weiß er, dass seine Entscheidung richtig gewesen ist. Eingelullt vom Brummen des Dreißigtonners lehnt er sich zurück, um noch ein bisschen zu schlafen.

Nach ungefähr zwanzig Kilometern setzt Erwin den Blinker und biegt auf einen Parkplatz ab. Die Sonne ist untergegangen. Martin richtet sich auf.

»Warum halten Sie hier?«, fragt er.

»Schlafen«, entgegnet der Fahrer.

Auch Gila blickt sich benommen um, sie hat ebenfalls gedöst und kommt nur mit Mühe zu sich.

»In der Kabine«, fügt Erwin hinzu. Er grinst und wendet sich an Gila.

»Für dich ist Platz.« Er deutet auf die Koje. »Für den Kleinen . . .«, er deutet auf Martin, »der müsste sich, will ma' so sag'n, was in den Büschen suchen.«

Er beugt sich über Martin hinweg zu Gila hinüber.

»Morgen früh fahr ich weiter. Was ist?«

Gila streicht sich die Haare aus dem Gesicht. »Was soll das?«

»Hoho«, sagt Erwin, »die Dame kann reden! So was ham wa' gerne, ehrlich! Und vorhin? Nich ma' die Pfote gegeb'n. Dufte! Große Klasse! Ehrlich! – Was meinen Sie dazu, Majestät? Gepiercte Zunge? So'n Ballon?«

»Lassen Sie uns aussteigen«, murmelt Martin, »bitte!«

Während der Lkw langsam den Haltestreifen des Parkplatzes entlangrollt, legt Erwin Martin eine Hand auf den Schenkel.

Martin macht sich so schmal wie möglich. Erwin tätschelt ihm das Knie.

»Er bittet mich. Schau einer an. Was sagt denn deine Freundin dazu? Die plötzlich . . . zungenfertige?«

Gila fährt mit der Hand in die Tasche. Trotz des Motorengeräuschs ist das Schweigen spürbar.

Noch ruckelt der Lkw. Noch rollt er ein Stück. Martin betrachtet das Gummipüppchen mit den bloßen Brüsten, das direkt vor seiner Nase hängt. Sacht schaukelt es hin und her. Als der Fahrer bremst, schaukelt es noch einmal mit einem Ruck nach vorn.

»Wir steigen aus«, sagt Gila.

»Ach so?«, erwidert Erwin und verriegelt per Knopfdruck die Türen.

Martin hätte erwartet Angst zu bekommen, zu schreien, zu schwitzen, wie gelähmt zu sein oder am ganzen Körper zu zittern, aber er empfindet keine Furcht.

Überrascht von sich selbst tritt er instinktiv gegen den Gangschaltungshebel. Augenblicke kommt er sich vor, als säße er auf dem Kühler und sähe durch die Frontscheibe sich, Gila und dem Fahrer in der Kabine zu.

Es dämmert. Der Himmel ist grün. Der Lkw steht auf dem Parkplatz. Weitere Autos gibt es nicht. Auf einer Weide grasen Ziegen. Entfernt ist ein Gehöft zu sehen. Menschen sieht man keine.

Während Gila die Hand samt einer Dose aus ihrer Jackentasche zieht und mit der Kartusche vorm Gesicht des Fahrers herumfuchtelt, versucht Erwin ihr die Hände festzuhalten.

»Schöne Koje«, nuschelt Gila, »feines Auto, Erwin. Und das, Erwin« – sie drückt auf die Düse der Dose – »ist Tränengas, du Arsch.«

Erwin bekommt Gila trotz aller Bemühung nicht zu fassen. Martin, halb begraben unterm Fahrer, tritt erneut gegen die Schaltung. Krachend springt der Gang aus dem Getriebe, vielleicht sind die Zahnräder abgeschliffen.

Martin wartet auf die Angst, die sich noch immer nicht einstellen will. Alles rückt von ihm ab. Wie in einem Film, der in Zeitlupe läuft, scheint sich das Geschehen von ihm zu entfernen und sich zu verlangsamen: Erwin, der sich über ihn beugt, der Lkw, der zu rollen beginnt, Erwin, der auf Martin liegend das Bremspedal nicht treten kann, Gila, die dem Fahrer Tränengas in die Augen sprüht –

»Bleibt dir erhalten bis Wladiwostock!«

Sie rüttelt an der versperrten Beifahrertür.

Erwin hebt die Hände und brüllt: »Ihr Säue!«

Gila schüttelt die Kartusche, um sie ein zweites Mal auf den Fahrer zu richten. Das Fahrzeug rollt über den rechten Fahrbahnrand. Die Zugmaschine neigt sich zur Seite. Ein Vorderrad streift eine Tanne. Erwin, die Lider zusammengekniffen, dreht am Lenkrad, ohne dass der Lkw seine Richtung ändert.

Martin erwacht aus seiner Trance, beugt sich über Gila, krabbelt halb über sie hinweg und fummelt hastig am Türgriff herum. Ihm brennen die Augen. Gila und er behindern sich auf der Sitzbank gegenseitig. Überraschend gibt die Verriegelung nach. Martin kippt aus der Tür und klammert sich an den riesigen Rückspiegel. Gemeinsam mit der Tür schwingt er nach außen.

Gila schießt ein zweites Mal Tränengas in die Kabine. Trifft Erwins Hände, Hals, Gesicht.

Erwin wedelt hilflos mit den Armen und brüllt: »Ihr . . . ihr . . . Wenn ich euch . . .!«

Martin murmelt, halb blind: »Lass ihn!«

Ohne Erfolg versucht Erwin Gila an den langen Haaren zu packen.

Sie wirft ihm die leere Dose an die Stirn.

»Hasta la vista, Baby!«

Sie reißt beide Rucksäcke an sich und springt ab. Martin kugelt hinterher. Erwin schlägt die Hände vors Gesicht.

»Wartet! Euch falt ich zusammen! Euch mach ich so was von fertig!«, das ist das Letzte, was Gila und Martin von ihm hören, bevor sie im angrenzenden Feld verschwinden, sich ducken und eilig untertauchen. Sie rennen. Sie schlagen Ähren zur Seite. Sie stolpern über Furchen und fallen. Sie rappeln sich wieder auf und laufen. Sie straucheln und hetzen weiter, bis sie eine Schonung erreichen. Dort erst halten sie an.

Sie stützen die Hände auf die Knie. Sie ringen nach Luft, kommen zu Atem. Dann müssen sie lachen.

»Nicht schlecht, Turmspringer Waltermann!«

Gila streicht Martin über die Lider. In diesem Moment fühlt er sich ihr, trotz seiner brennenden Augen, zum ersten Mal wirklich nah.

Näher als im GTI, näher als gestern im Waldschwimmbad, näher als im Gebüsch. Nichts war dumm. Gar nichts. Er hat sich richtig entschieden.

Martin tritt in ein Fuchsloch, stolpert und fällt hin.

Als Gila ihm die Hand reicht und fragt: »Ist dir das Tränengas irgendwie zu Kopf gestiegen?«, will Martin ihre Hand ausschlagen, doch dann ergreift er sie.

Ihre Finger berühren sich. Gila setzt sich neben ihn. Holt aus ihrem Rucksack eine Flasche und träufelt Martin vorsichtig Wasser auf die gereizten Augäpfel, befeuchtet zwei Papiertaschentücher und legt sie ihm auf die Lider.

Dann essen beide schweigend Himbeeren, die rot sind, reif und süß.

13

Heiß ist die Luft und der Wald riecht nach Harz. Martin liegt auf dem Rücken.

Gila holt eine Karte aus dem Rucksack und murmelt nach kurzem Suchen: »Zurück gehn wir nicht. Ein paar Kilometer nach da« – sie zeigt in das Waldstück hinein – »verläuft die Bahnlinie nach Berlin. Dauert höchstens eine oder eineinhalb Stunden.«

Der Wald ist groß. Mittlerweile ist es dunkel geworden. Der dünne Mond durchbricht nur ab und zu die Wolken. Erst als einige Sterne am Nachthimmel zu leuchten beginnen, erreichen Gila und Martin Wiesen, dann Felder und danach die Bahnlinie, aber keinen Bahnhof.

Trotz seiner schmerzenden Füße und Schultern fühlt Martin sich wohl. Vor ihm läuft Gila, was will er mehr? Der abnehmende Mond berührt nun die Baumkronen vorm nächtlich dunklen Himmel.

Doch je länger sie unterwegs sind, desto einsilbiger wird Gila. Mit jedem Zug, der in der Nacht an ihnen vorbeifährt, beschleunigt sie ihre Schritte.

Sie könnten den Schienen inzwischen auch im Mondlicht folgen, aber als ein Stück abseits der Gleise eine Scheune auftaucht, steuert Gila wortlos und ohne Martin zu fragen auf das Gebäude zu.

Heftig stößt sie die Tür auf. »Kackteil! Verdammt!« Die Latten quietschen und schwingen zur Seite, die Tür rutscht aus den Angeln und fällt auf den Boden. Einige Mäuse huschen durchs Stroh. Brüsk dreht sich Gila zu Martin um und fährt ihn an: »Hast du was zu essen?«

Martin zuckt die Schultern. Woher?, denkt er.

Die Scheune ist zur Seite hin offen. Dem Dach fehlen zahlreiche Sparren und Schindeln, stellenweise hängt es herunter. Am Himmel sieht man Kassiopeia. In der Scheune ist es dunkler als draußen auf dem Feld.

Gila beugt sich aus einer Fensteröffnung und dreht Martin den Rücken zu. Schweigend lässt sie ihren Rucksack fallen, fegt mit einer Hand voll Stroh über den gestampften Boden, entnimmt ihrem Gepäck zwei Decken und rollt sie auf der Erde aus.

Dann zieht sie aus einer Seitentasche zwei Tafeln Schokolade, reicht eine davon Martin und holt aus einer anderen Tasche eine Flasche Bier. Damit geht sie zurück zur Fensteröffnung und lehnt sich hinaus ohne ein Wort zu sagen.

Nur wenn sie die Flasche ansetzt, hört Martin das Geräusch der Flüssigkeit am Flaschenhals und Gilas Schlucken. Dann ist es wieder still.

Martin zögert. Er weiß, wie wichtig es jetzt ist, sich richtig zu verhalten. Nur weiß er nicht, wie. Außerdem ist er aufgeregt. Bei der ersten Silbe wird er sicherlich mit den Zähnen klappern. Oder er wird zittern wie damals, als er neben Angela auf dem Bett ihrer Eltern saß. Also hält er den Mund geschlossen. Nach einer Weile bückt er sich geräuschlos zu seinem Rucksack hinunter, um die Unterlegmatte und den Schlafsack auszupacken und auf dem Boden der Scheune auszurollen.

Gila beachtet ihn nicht, sondern starrt hinaus auf die Wiese. Nur wenn sie einen Schluck Bier nimmt, ist wieder ein Geräusch zu hören, das Gluckern des Bieres in der dunkelgrünen Flasche.

Martin schluckt ebenfalls, trocken und laut. Dann beginnt er zu schwitzen.

Vor ihm liegt der Daunenschlafsack. Tauglich bis minus zwanzig Grad. Zweihundert Mark. Martin versucht den Schlafsack samt der Unterlegmatte mit dem Fuß ein Stück näher an Gilas Decken heranzuschieben. Sie steht vor der Fensteröffnung. Er kann ihren Körper als Schattenriss gegen den helleren Waldrand sehen. Langsam, beinahe nachdenklich, zieht sie ihr indisches Hemd über die Schultern, ebenso langsam ihr T-Shirt.

Martin ist sich nicht klar darüber, warum er die Frage jetzt stellen, warum er überhaupt etwas sagen muss. Sein Mund öffnet sich automatisch. Wie unter Zwang fragt Martin: »Kann ich au-auch ein' Schluck ha-haben?«

Dabei denkt er an Angela, die selbst bei der alljährlichen Eurythmievorführung der Schule keine lächerliche Figur abgab. Er erinnnert sich, wie er sie auf der anschließenden Party bei einem langsamen Lied hatte fragen wollen, ob er sie küssen dürfe oder ob sie ihn küssen wolle oder ob sie einander jetzt nicht küssen könnten. Und wie er wegen der Vielzahl der Varianten – und weil er, auch damals, trocken hatte schlucken müssen – gefragt hatte: »Gibst du mir was von deiner Fanta ab?«

Angela hatte ernst geantwortet: »Die ist nicht von mir. Das ist eine Dose. Ich trink nur Mineralwasser. Aus Flaschen. Oder grünen Tee.«

Gila ist nicht Angela, und ob sie grünen Tee trinkt, ist ausgesprochen fraglich.

Deshalb erstaunt es Martin nicht, dass sie ihm ohne sich umzudrehen die Bierflasche entgegenhält. Verwundert ist er eher darüber, dass sie unvermittelt zu reden beginnt, während sie die Flasche anschaut, als lausche sie einem Medium, das aus vergangenen Zeiten lautlos zu ihr spricht.

Martin hält inne ohne nach der Bierflasche zu greifen.

»Wir waren«, sagt Gila leise, »damals die Besten, du und ich. Ich war die Beste der Besten. Meine Mutter saß immer im Publikum. Hat meinen Vater verlassen. Hat ihr nix geholfen. Tot is ewich. Mein Vater: der Beste aller Trainer, bis er zu trinken begann.«

Martin wird langsam unruhig.

Gila steht am Fenster wie ein Denkmal.

»Und, talentierter Turmspringer, was macht

73

mein Vater jetzt? Wird, wie Mama, von den Würmern angeknabbert? Das macht er. Wenich, oder?«

Martin wird zunehmend nervöser.

Gila umfasst den Flaschenhals, als wäre sie eine Wahrsagerin und die Flasche eine Kugel aus Kristall.

»Wie war's mit meinem Vater? War er noch da, als ich weg war? Im Schwimmbad? Bei den Wettkämpfen? Beim Training?«

Martin, der stocksteif vor seiner Unterlegmatte und seinem Daunenschlafsack steht, schwitzt im Nacken und unter den Achseln.

»Der kam«, sagt er leise, »noch lange zu den Wettkämpfen. Er hat dort gesessen, wo er immer saß.«

Gila nimmt einen weiteren Schluck. Sie nickt, als sie die Flasche absetzt. Martin macht einen Schritt auf sie zu und versucht erneut seinen Schlafsack samt der Unterlegmatte etwas näher an ihre Decken heranzuschieben. Gila dreht sich um.

Die Drehung ermöglicht es Martin, nicht nur den Schattenriss ihres Körpers, sondern auch den ihrer Brüste vor der Fensteröffnung zu sehen.

Er zögert, macht einen zweiten Schritt. Er geht auf Gila zu und schluckt. Er greift nach dem Bier. Dann küsst er sie. Der Kuss überrascht ihn. Woher nimmt er den Mut?

Auf ihren Lippen schmeckt er das bittere Bier und den Rest der süßen Schokolade.

Er trinkt einen weiteren Schluck aus der Flasche und küsst Gila noch einmal. Sie schmiegt ihren Körper so dicht an seinen, dass er sich mit einer Hand festhalten muss, um nicht – die Scheune, Nacht, der Himmel – das Gleichgewicht mit Gila zu verlieren.

Dann liegen sie auf seinem Schlafsack, der weicher ist als Gilas Decken. Die Bierflasche ist umgefallen, das Bier in Staub und Stroh versickert.

Als sie sich erneut küssen, heftiger und noch einmal, schmeckt Martin die Vollmilchschokolade deutlicher durchs Bier. Kurz denkt er an seine Freunde – Irland, Matthias, den Regen. Denkt, als er vorsichtig an Gilas Rücken, ihrem Hals, den Schultern, ihrem Bauch entlangfährt: So ist das also! Wundert sich, dass er nicht zittert und dass seine Zähne nicht klappern.

Spürt, als Gila ihren Körper – dicht-dichter-dicht-am-dichtesten – an seinen presst, ihre Hüftknochen, das Becken. Merkt, dass sie ihn näher, noch näher zu sich heranzieht.

Vergisst seine Freunde, die Eltern, die Schule. Vergisst Matthias und den Pass, den er dem Bruder gestohlen hat. Riecht das Stroh, den Staub und Gila. Schließt die Augen. Presst die Lider fest aufeinander, bis die Farben im Kopf rot und dunkel explodieren. Hört sein Atmen, Gilas Atmen. Fühlt (und hätte sich gern beherrscht), wie er Gilas kreisendem Druck nachgibt, nachgeben muss. Spürt, wie er aufgibt und sich in Gilas Handfläche ergießt.

Gilas Körper versteift sich.

Einen Moment liegt sie still und guckt Martin ungläubig an.

Dann wischt sie die feuchte Hand an Martins Daunenschlafsack ab, tauglich bis minus zwanzig Grad, kehrt ihm wortlos den Rücken zu und rutscht ein Stück zur Seite.

Martin starrt hinauf zum schadhaften Dach der Scheune. Morsche Sparren scheinen sich im Luftzug zu bewegen. Er fühlt sich froh und gleichzeitig unbeholfen und plump.

Während Gila leise zu schnarchen beginnt, wagt er es nicht, sie zu berühren. Still liegt er auf seinem Schlafsack und schaut durch das Dach in den dunklen Himmel.

14

Als Martin am nächsten Morgen aufwacht, ist ihm unbehaglich zumute. Am liebsten würde er sich den Schlafsack über den Kopf ziehen und weiterschlafen und erst in Berlin aufstehen. Aber die Scheune ist kein Zug und der gestampfte Boden hat keine Räder.

Martin kann Gila nicht sehen, nur hören. Sie wäscht sich hinter der Scheune an einem Wasserhahn. Er fürchtet den Moment, in dem sie zurückkommen wird: Im Hellen muss man sich anschauen. Und reden muss man auch.

Aber Gila redet an diesem Morgen nicht.

Während des Frühstücks – kein Bier, wieder Schokolade – scheint sie Martin kaum wahrzunehmen. Auf ihrem Gesicht liegt ein nachdenklicher Ausdruck, den er nicht zu deuten weiß. Dennoch ist er erleichtert.

Irgendwann brechen sie auf. Ringsum wirkt die Welt nachgiebig, die Wiesen, als würden sie zurückweichen, sobald Martin in sie hineinläuft.

Während er mit Gila die Bahnlinie entlangwandert, bleibt die Umgebung wie verwunschen: der Schienenstrang, das Gleißen in der Sonne, die Luft, die überm Eisen tanzt –

Wenn Martin eine Weile in das Flirren blickt, werden die Ränder der Gegenstände weich. Bäume beginnen sich aufzulösen, Hügel kommen ins Rutschen. Martin hat das Gefühl zu schweben. Nur Gila sagt kein Wort.

Als sie und Martin den Bahnhof erreichen, ist die Verzauberung verflogen, als könne ein derartiger Zustand beim Anblick eines Menschen, des Bahnbeamten zum Beispiel, oder eines Getränkeautomaten unmöglich fortbestehen.

»Wir nehm' den Zug«, sagt Gila.

»Is aber teuer«, erwidert Martin.

»Ich hoffe«, sagt Gila und schaut ihn herausfordernd an, »du hast ein bisschen . . . Geld?«

Martin stockt der Atem. Er weicht einen Schritt zurück.

Er sieht den lauernden Ausdruck in Gilas Augen und hört das Klirren in ihrer Stimme, als sie sagt: »Kriegst du in Berlin zurück. Versprochen.«

Es gibt ein Bahnhofsgebäude, eine Halle, einen Schalter und einen Bahnangestellten, der ihnen die zwei Tickets verkauft. Beim Bezahlen fallen Martin einige Scheine zu Boden, obwohl er das Geld vorsichtig aus seinem Brustbeutel nimmt. Als folgten die Wartenden in der Schlange einem stummen Befehl, senken sie gleichzeitig den Kopf und starren auf die Scheine.

Langsam bückt sich Gila, hebt die Scheine auf und drückt sie Martin in die feuchte Hand.

»Danke«, sagt er und muss sich räuspern. Zurück auf dem Bahnsteig zieht er zwei Dosen Cola aus dem Automaten. Eine gibt er Gila.

»Ich hasse Cola«, murmelt sie.

Martin zieht ihr ein Mineralwasser und trinkt die beiden Colabüchsen rasch hintereinander aus.

Gila zuckt die Schultern und schüttelt den Kopf.

Die Station besteht aus einem Bahnsteig, einer Uhr, die nicht mehr geht, dem Getränke- und einem Kaffeeautomaten, der wider Erwarten funktioniert.

Der Getränkeautomat hat noch zwei weitere Münzen geschluckt, aber keine Cola mehr herausgegeben. Der Kaffee hingegen läuft stark und heiß in einen Plastikbecher.

Für Augenblicke kommt Martin sich vor wie ein Cowboy aus einer Zigarettenwerbung. Wie ein Raubvogel, hoch oben. Wie ein . . . Wie ein Junge auf einem Bahnsteig. Irgendwo im Nirgendwo.

Am Ende des Bahnsteigs steht eine rosa Lampe, die brennt, obwohl es hell ist. Rosa Licht auf Zierbeton, in dem Geranien wachsen.

»Sieht aus wie im Osten«, grunzt Gila.

»Na und?«, murmelt Martin. Lahm fügt er hinzu: »Kann gar nicht sein.«

Dann wirft er seinen Kaffeebecher müde in den Papierkorb.

Als Gila nichts erwidert und wieder nur vor sich hinstarrt, fällt Martin ein, wie wenig er eigentlich von ihr weiß. Er kennt weder ihre Adresse, noch hat er erfahren, wie lange sie schon in Berlin lebt. Er weiß weder, was sie dort tut, noch, ob sie eine Wohnung hat. Alles, was sie erwähnt hat, sind die Gedächtniskirche, der Ostbahnhof, eine sonderbare Wagenburg und der Bahnhof Zoo. Misstrauisch beginnt er sie zu mustern.

»Wo wohnst du noch mal? In einer ... *Wagenburg*?«

»Ja«, sagt Gila, »na und? Was dagegen?«

Martin wagt nicht zu fragen, was eine Wagenburg ist.

Seit sie morgens in der Scheune aufgestanden sind, kommt Gila ihm seltsam verwahrlost vor. Wirkte sie gestern wie ein Mädchen, das mit dem Rucksack durch Europa trampt, so würde er sich jetzt nicht wundern, wenn sie vor einem Supermarkt stehen und betteln würde.

Er fragt sich, was sie von ihm will, wagt aber nicht, sie zu fragen. Ob sie in Berlin einen Freund hat, den sie ihm verschweigt? Plötzlich durchfährt es ihn heiß. Doch obwohl ihm auffällt, dass ihre Nägel abgekaut sind und sich der Dreck darunter dennoch festgesetzt hat, obwohl er ihr ungekämmtes Haar mit einem Mal als strähnig empfindet, lässt ihn das plötzliche Brennen, der Stich im Bauch fühlen, was er längst weiß: Er will bei ihr bleiben, egal, was geschieht oder was passiert ist, in der Scheune oder sonstwo, egal ob ihre Haare gekämmt sind oder nicht.

Zufrieden und gleichzeitig beunruhigt wirft er eine weitere Münze in den Kaffeeautomaten. Es kommen nur Wasser und pulverisierte Milch.

Die folgenden eineinhalb Stunden hält im Bahnhof kein Zug. Während der Zeit ist das Licht, in das die Lampe die roten Geranien samt Zierbeton am Ende des Bahnsteigs taucht, jedes Mal, wenn Martin hinsieht, von einem blasseren Rosa.

Schön hier, denkt er ohne Überzeugung.

Als Gila ihm, die Mundwinkel verschmiert von Vollmichschokolade, ihre Hand entzieht – nachdem Martin sich endlich getraut hat sie zu berühren –, wünscht er sich für einen Augenblick fort: nach Irland, in den Regen, oder nach Salamanca.

Der erste Zug fährt vier Stationen. Gila und Martin steigen aus. Auch dieser Bahnhof ist bloß ein Bahnsteig umgeben von Bäumen und Landschaft. Kein rosa Licht. Kein Automat. Und keine roten Geranien.

Auf den nächsten Zug müssen sie nur eine Viertelstunde warten. Er fährt fünf Stationen.

Für die kurze Strecke benötigt der Nahverkehrszug mit angehängtem D-Zug-Wagen über zweieinhalb Stunden. Fahrscheinkontrollen gibt es keine. Jeder Waggon ist überfüllt.

Nachdem Gila für zwanzig Minuten verschwunden ist – »Bin gleich wieder da!« –, hat sie anschließend vier Bierflaschen bei sich, zwei Zitronenjoghurts und eine Packung Kekse. Sie lässt sich auf den Sitz fallen, streicht Martin unverhofft über den Nacken und küsst ihn.

Er trinkt ein Bier, lässt sich küssen, isst die Kekse und schlürft einen Zitronenjoghurt. Es ist ihm – wenn Gila ihn streichelt, ihn füttert, ihm den Rest des Joghurts von den Lippen leckt – egal, ob weitere Fahrgäste mit ihnen im Abteil sitzen.

Er trinkt ein zweites Bier, ein drittes. Gila besorgt ein fünftes, ein sechstes. Das Letzte, was sich in Martins Kopf festgesetzt hat, ist die Begründung für den endgültigen Stopp des Zuges: Die Oberleitung sei heruntergerissen, an einigen Stellen der Strecke seien die Bahnschwellen gelockert worden.

Wir müssen, denkt Martin, in der Nähe von Gorleben sein. Dann nickt er neben dem Bahndamm für kurze Zeit ein, so dass ihn Gila rechtzeitig wecken muss.

Im nächsten Zug, gezogen von einer Diesellok, bekommen er und Gila ein Abteil für sich. Sobald Martin die Augen schließt, beginnt die Welt sich zu drehen.

Es ist ein älteres Abteil, in dem sich die Sitze ausziehen lassen. Auf diese Fläche legt er sich. Neben ihm liegt Gila.

Sie hat die Vorhänge vorm Fenster und der Abteiltür zugezogen. Es ist ungewöhnlich still. Obwohl die Welt zu schwanken scheint, schließt Martin die Augen bis auf einen Spalt.

Langsam streckt er die Hand aus. Diesmal entzieht sich Gila ihm nicht, sondern rückt näher an ihn heran.

Er berührt ihr Gesicht, ihr Kinn, den Hals, die Wangen, streicht mit den Fingern über Mund, Stirn, Nase, wagt es nicht, ihre Brust zu berühren, die Hand behutsam unter ihr T-Shirt zu schieben, er fürchtet erneut zurückgewiesen zu werden. Seine Finger werden ihm fremd. Sein Bauch zieht sich zusammen.

Der Zug fährt an. Das Rattern der Räder und das Stoßen der Schienen beruhigen Martin, obwohl das Pumpen und Pochen des Blutes seinen Körper glühen lässt, mit Ausnahme der Hände und der Fingerspitzen.

»Mach lieber die Augen auf«, sagt Gila, »sonst musst du dich übergeben.«

Martin gehorcht.

Sie richtet sich neben ihm auf und stützt sich auf die Ellenbogen. Draußen ist es dunkel geworden. Licht fällt vom Gang her durch die Gardinen. Sie zieht sich ihr indisches Hemd und danach das T-Shirt über den Kopf. Das T-Shirt bleibt am Hals hängen. Nackt bis zum Gürtel kniet sie nahe der Abteiltür.

Sie bindet die Gardinen zusammen, befestigt sie vorsichtig aneinander, so dass man das Abteil vom Gang her nicht mehr einsehen kann. Die leeren Bierflaschen klirren, wenn sie gegeneinander stoßen. Langsam legt Gila ihr T-Shirt neben sich,

83

rutscht über den Sitz auf Martin zu, hilft ihm aus seinem T-Shirt, hilft ihm den Brustbeutel abzustreifen, legt sich auf Martins nackten Oberkörper, auf Martins Schenkel, presst ihr Becken an seinen Bauch, küsst ihn auf die Lippen, den Hals und öffnet seinen Gürtel.

Martin könnte sich sträuben oder etwas sagen. Er könnte sich an irgendetwas erinnern oder an etwas denken, aber sein Kopf ist leer.

Die Welt hält still. Das Zugabteil ist warm und, wegen der Gardinen, kaum erleuchtet.

Der Zug stoppt ein viertes Mal, auf freier Strecke, als Martin aus dem Schlaf schreckt, nach T-Shirt, Gila und seinem Brustbeutel tastet.

Das T-Shirt ist vorhanden: die Hose, der Rucksack, sein Ticket. Nackt liegt er unter seinem Schlafsack, fährt auf und blickt aus dem Abteilfenster.

Im Licht des seltsam mageren Mondes läuft Gila, den Zug, der wieder anruckt, in der Sommernacht hinter sich lassend, über eine schmale Wiese mit dunkel am Boden schlafendem Vieh.

Sie läuft auf ein schweigendes Waldstück zu, das schwarz die Weide begrenzt.

Das ist nur ein Traum, denkt Martin.

Mit staksigen Sprüngen durchquert sie Schilfrohr und Binsen und erreicht jenseits des Grabens den stumm auf sie wartenden Wald.

Ich könnte abspringen, denkt Martin. Er beißt sich ins linke Handgelenk, um schneller wach zu werden. Ich bin nackt, denkt er, ich müsste mich erst anziehen.

Er erinnert sich an Träume, die er als Kind gehabt hat. Jemand hatte ihn gezwungen nur mit einem Unterhemd bekleidet durch belebte Straßen zu laufen. Das Hemd reichte ihm bloß bis zum Bauchnabel.

Während der Zug Fahrt aufnimmt, dreht Gila sich noch einmal um. Ihr T-Shirt und das indische Hemd hat sie unter den Arm geklemmt, ebenso die Sandalen. Martin reißt am Abteilfenster, springt auf und stößt mit dem Kopf an den Rost für die Koffer.

Der Zug fährt noch einmal langsamer. Martin betrachtet seine Kleidungsstücke, die verstreut auf den Sitzen liegen. In den Taschen des Rucksacks ertastet er den Pass seines Bruders und ein kleines Portemonnaie mit Münzen. Sein Ticket rutscht von der offenen Rucksackklappe. Den Brustbeutel findet Martin nirgends. Fast eintausendneunhundert Mark. Nicht zwischen den Socken, Hosen und Hemden. Nicht unter den Sitzen. Nicht oben in der Ablage. In keiner Seitentasche des Rucksacks. Er findet nur die Cassette aus dem Anrufbeantworter, auf der Gilas Stimme aufgezeichnet ist: *»Hoffe, du hast es geschafft.«*

Der Zug nimmt wieder Tempo auf. Die Nacht ist mild. Martin spürt seinen Rücken.

Er hat das Magnetband aus der Cassette gezogen, zerreißt es und wirft die flatternden Fetzen aus dem geöffneten Fenster.

Das Band verfängt sich in Büschen und Bäumen.

Schon fern, ein heller Schemen, verschwindet Gila im Wald.

15

Berlin. Der Zug hält. Es nieselt. Martin steigt schlaf-
trunken aus dem Abteil. Sein Rücken tut ihm nicht
mehr weh, aber sein linkes Auge ist verklebt. Nach-
wirkung des Tränengases. *»Das bleibt dir erhalten
bis Wladiwostock.«* Er puhlt sich einen Krümel aus
dem Augenwinkel, betrachtet das gelbe Bröckchen
und schnippt es auf den Bahnsteig.

Hastige Menschen, Berufsverkehr. Es riecht nach
Abgasen und billigem Deodorant. Der D-Zug setzt
sich wieder in Bewegung und fährt aus dem Bahnhof. Rot leuchten die Lichter am letzten Waggon.
Martin hockt sich auf eine Bank. Fast hätte er seinen Rucksack in eine Lache aus Erbrochenem gestellt. Er zählt sein restliches Geld: 5,35 DM.

Trotz allem fühlt er sich sonderbar leicht. Wie
Hans im Glück, als ihm der Stein des Scherenschlei-
fers in den Brunnen gefallen ist.

Martin tritt aus dem Bahnhofsgebäude hinaus
auf den Vorplatz. Er schaut sich um. Im Zoologischen Garten trompetet ein Elefant. Die Stadt
neigt sich ihm entgegen. Kantige Dächer himmel-
hoher Häuser. Ich bin da, denkt Martin. Ich
werde Gila finden. Ich finde sie, denkt er. Und
dann?

Fahrgäste und Fassaden. Martin tritt auf einen vorbeieilenden Mann zu, einen Passanten, der gehetzt in seiner Aktentasche kramt.

»Entschuldigung, sind Sie aus Berlin?«

Verwundert starrt der Mann ihn an.

»Bonn!«

Als er Martins erschrockenes Gesicht sieht, bricht er in schallendes Gelächter aus.

»Nix für ungut, Junge. Sollte 'n Scherz sein. Haha, haha. Wo brennt's denn?«

Martin zögert. Mehrmals setzt er zu seiner Frage an.

Der Mann sagt: »Kann doch nich so schwer sein, oder?«

Martin erwidert, beinahe ruppig, um nicht zu stottern oder zu stammeln: »Wissen Sie vielleicht, wo's hier Wagenburgen gibt?«

Misstrauisch mustert der Mann mit der abschließbaren Aktentasche sein Gegenüber.

»Burgen?«

Plötzlich klärt sich sein fragender Blick. »Oder meinst du die Pennersiedlungen drüben an der Spree? Oder wo die sonst noch sind?«

Der Mann weicht einen Schritt zurück.

»Nich mit mir«, sagt er, »Jungchen, nich mit mir! Is das jetzt 'ne neue Masche? – Ich hab nix, ich geb nix, ich hab auch keine Zeit. Keinen Fitzel! – Aber, gut, hier. Nimm wenigstens . . .«

Er drückt Martin eine Mark in die Hand, greift

nach seiner Aktentasche, macht auf dem Absatz kehrt und verschwindet im Gewühl.

Mann-o-Mann, denkt Martin: 6,35 DM.

16

Das also ist Berlin. Türkische Männer stochern in Zähnen, polnische Punks putzen Windschutzscheiben während der Rotphase der Ampeln. Ein bis zwei Mark zahlen die missmutig murmelnden Pkw-Fahrer: »Danke, wär gar nich nötig gewesen!« Polnisch müsste man vielleicht können. Martin steckt seine Eurocheck-Karte in einen Bankautomaten und schaut zu, wie die Maschine, die Geld geben soll, seine Karte einbehält: *Bitte*, sagt die Schrift im Display, *besuchen Sie uns in Ihrer Filiale!*

Geht nicht, denkt Martin, nickt, als wäre eingetreten, was er erwartet, was er vielleicht auch verdient hat. Nun bin ich endgültig angekommen. Der Junge vom Land. In der Tasche: 6,35 DM. Im Rucksack einen Schlafsack und einen falschen Pass.

Er sieht sich um. Gegenüber der Bank sitzt am Nebeneingang des Bahnhofs ein Punk mit Hund, vor sich in einer Pappschachtel einige Münzen.

»Scheint verbreitet«, murmelt Martin, »vielleicht weiß der was . . . über Wagenburgen . . .«

Als er sich zögernd dem Punk nähert, der, noch ist der Morgen jung, zwei leere Dosen Bier nachlässig in den Rinnstein gerollt hat, leckt der Hund Martins Schuhe ab.

»He, Alter« – der Punk redet deutlicher als Matthias an seinem achtzehnten Geburtstag – »neu in-ner Stadt?«

»Woher willst du . . .«

»Sieht man.«

Der Punk krault seinen Hund hinterm Ohr und zieht ihn von Martins Schuhen weg.

»Schätze, bist schon in Hundekacke getreten.«

»Ich hab mal 'ne Frage«, sagt Martin brüsk und reibt mit seiner Schuhsohle verstohlen übers Pflaster.

»Nützt nix«, sagt der Punk, »muss trocknen und bröckeln. Frag nur«, sagt er, nimmt einen Schluck aus seiner Büchse und hält Martin das Bier hin.

»Morgens 'n Bier. Abends 'n Stier!«

Er grinst und zeigt seine Zähne, von denen nicht wenige fehlen. Der Hund schlabbert an der Dose. Ungerührt lässt ihn der Punk gewähren.

»Du wolltest was fragen«, sagt er.

»Ja. Wo's Wagenburgen gibt.«

Wieder reibt Martin mit seinem Schuh übers Pflaster, während der Hund mit einer Pfote die Dose umkippt, so dass er das Bier von den Steinen schlecken kann.

»Kluges Tier«, sagt der Punk. Er mustert Martin lange und zweifelnd.

»Sind viele geräumt. Die Reste kannste vergessen. Alter, du kommst zu spät.«

»Danke«, murmelt Martin.

Im Reisecenter der Deutschen Bahn erkundigt er sich nach dem Preis für eine Rückfahrt zweiter Klasse.

»Ohne Bahncard?«

»Ohne Bahncard.«

Für 6,35 DM kommt man noch nicht mal bis nach Magdeburg.

Eine Frau schenkt Martin, als er sie nach dem Weg zur Spree fragt, gleich ihren Stadtplan, den ihr der Wind fast aus der Hand reißt.

Ein Mann, den Martin, stotternd vor Scham, um ein weiteres Markstück angeht, bezeichnet ihn als Asozialen. Ein zweiter würdigt ihn keines Blicks. Ein dritter empfiehlt ihm arbeiten zu gehen. Einen vierten wagt Martin nicht mehr zu fragen. Von einem Mädchen mit einer Geige bekommt er 1,77 DM. Von einem Schwarzen einen österreichischen Schilling.

Ich geh zu McDonald's, denkt Martin. Jeder McDonald's in jeder Stadt, selbst in der größten, ist gleich.

Kurz darauf sitzt er an einem Tisch, der voll gestellt ist mit diversen Schachteln, Tabletts und Bechern. Martins Frühstück besteht aus bedeutend weniger Schachteln.

Neben ihm sitzt eine Frau mit vier Kindern, die sich streiten. Jugoslawin vielleicht, oder Rumänin. Die Frau keift. Ketchup kleckert auf Kleidung. Die Frau schleift die älteren Jungen zum Klo, das sich im Obergeschoss befindet. Die Mädchen warten ruhig, vor ihnen vier Big Mäc.

Martin, sein mageres Frühstück hat er bis auf den letzten Schluck Schokoshake vertilgt, steht auf, geht langsam zum Tisch der Familie und nimmt vor den staunenden Augen der Mädchen die vier Big Mäc und eine Cola vom Tisch, denkt: Hans im Glück, hat ein schlechtes Gewissen, geht, die Augen der Mädchen blicken ihm stumm und kugelrund nach, aus dem Lokal und stellt sich in einer wartenden Menge an eine Bushaltestelle, bis die Frau samt ihrer Kinder aus dem Restaurant stürmt, sich suchend umblickt, schimpft und in der U-Bahn verschwindet.

Langsam schlendert Martin zum McDonald's zurück.

Der Punk spendiert wenig später drei weitere Cola. »Jugo-Betrugo«, lacht er, »na ja, diesmal is ebend andersrum.« Anerkennend haut er Martin auf die Schulter.

Sie essen die Big Mäcs und trinken die Cola. Sie beugen sich über den Faltplan, den Martin – vom Winde verweht – geschenkt bekommen hat.

»Hier«, sagt der Punk, »hier und hier!«

Er markiert Standorte möglicher Wagenburgen.

»Mach's gut«, sagt er.

»Viel Glück«, sagt Martin, ehe er aufbricht.

»Wirst *du* eher brauchen.«

Der Punk kratzt die letzte Soße aus der letzten Big

Mäc-Verpackung. Als Martin das Lokal im Erdgeschoss verlassen will, sieht er, wie die jugoslawische
Frau gemeinsam mit drei Männern durch den Vor-
dereingang hereingestürmt kommt, und nimmt –
verblüfft, aber ohne Eile – den Nebenausgang zum
Kino: *STIRB LANGSAM*.

Sämtliche Teile. Ab 23 Uhr im Nachtprogramm.

17

»Hast du 'ne Kippe? Oder zwei?« Plötzlich steht ein Junge neben Martin.

Der Junge ist etwas jünger als er und schüttelt, noch ehe Martin die Frage verneint, den Kopf.

»Seh schon«, sagt er, »Sportler.«

Er tänzelt auf der Stelle.

»Bin Fränkie.« Er reicht Martin die Hand.

Fränkie ist Spezialist. Für Wagenburgen, für Schlafplätze, für die Beschaffung von Essen aus Supermarkt-Regalen, für das Schnorren von Zigaretten – meistens. Und Fränkie ist seltsam anhänglich. Stundenlang läuft er mit Martin durch die Gegend und Martin fragt sich manchmal, was Fränkie von ihm will. Warum nimmt er ihn mit? Warum hat er so viel Geduld? So viel Zeit? Sie haben in mehreren Wagenburgen nachgefragt, sich an Bahnhöfen erkundigt, in ehemals besetzten Häusern. Niemand scheint Gila zu kennen. Keiner kann sich an sie erinnern. Schließlich beginnt es zu dämmern.

Martin, der Fränkie reden lässt, weil er gemerkt hat, dass sich Fränkie wohler fühlt, wenn er spricht, und dass es ihm egal ist, ob jemand auf seine Erzählungen etwas erwidert, beginnt langsam mutlos zu werden.

Wieder hat er den Eindruck, alles falsch angepackt zu haben, und wünscht sich zu Hause oder in Irland zu sein, bei Jürgen Richter und Schmitti. Geht nicht. Einmal dem Läuten der Nachtglocke gefolgt. Einmal ist endgültig.

Die Sonne lässt die Wolken rot, dann violett und an den Rändern grün werden. Als es anfängt zu nieseln und Fränkie in einen Hauseingang tritt, um sich eine Zigarette anzuzünden, fragt Martin seinen Begleiter abrupt, wo sie schlafen werden.

Der Junge mustert Martin lange von unten herauf, saugt an seiner Zigarette, die im dunklen Hauseingang glüht, und sagt in schleppendem Tonfall: »Wirst sehen. Wart's ab.«

Martin spürt den Vorwurf in der Stimme des Jungen, aber es ist ihm egal.

Der Dachboden ist niedrig, heiß und staubig. Bretter, Latten und Eisendraht teilen den Raum in mehrere Verschläge.

Fränkie behauptet hier schon häufig übernachtet zu haben und stößt, wie zur Bestätigung, die Tür des letzten Kabuffs auf. Es macht den Eindruck, als sei er auf der Hut.

Hinter der Lattentür finden sie zwei alte Federkernmatratzen, deren Bespannung an einigen Stellen derart fadenscheinig ist, dass die Sprungfedern durch den blumenbunt gemusterten Stoff dringen. Auf einer Matratze liegt ein rotes Kissen.

Als Martin seinen Rucksack auf das Kissen stellt,

wirbeln Staub und Daunenfedern durch den winzigen Verschlag. Der Rucksack kippt. Unter dem Kissen liegt ein Stofftier, ein Teddybär, der nur noch ein Bein hat. Fränkie packt ihn verlegen beiseite und lässt ihn unter einem Tuch verschwinden.

Als die Sonne nach dem Nieselregen noch einmal durch die Wolken bricht, fallen die letzten Strahlen durch ein gesprungenes Dachfenster. Im Licht tanzen die Flusen und sinken, als würden sie so lange wie möglich schweben wollen, auf die Matratzen am Boden.

»Hier«, sagt Fränkie.

Er holt unter den Dielen zwei Decken und eine Zahnbürste hervor, weist Martin einen Schlafplatz zu, reibt sich kurz über die Vorderzähne, setzt sich auf seine Matratze und steckt sich die letzte Zigarette an.

»Is doch gut, oder?«

Aus einer Ecke kramt er eine Weißweinflasche hervor, drückt den Korken mit dem Daumen in den Flaschenhals und lässt den torkelnden Verschluss, indem er den Handballen auf die Öffnung presst und den Wein auf den Kopf stellt, zum Boden der gekippten Flasche treiben. Rasch setzt er sie an die Lippen, trinkt und reicht sie an Martin weiter.

Ich bin ein Bewohner der Dachböden, denkt Martin. Ich sitze bei einem Jungen, der seine Zahnbürste unter den Dielen versteckt und dessen Schneidezähne abgebrochen sind. Ich trinke Wein, der sicherlich gestohlen ist. Ich erlebe etwas, das niemand aus meiner Klasse – aus meiner Schule – bislang erlebt hat. Majes, mein Bruder, schon gar nicht. Martins Kopf wird schwer und schwerer und seine Gedanken werden langsamer. Ich bin ein Tramp, denkt Martin, ich bin müde . . .

Sie haben kaum eine halbe Stunde geschlafen, als Martin von einem Geräusch an der Dachbodentür geweckt wird.

Es handelt sich um eine alte Feuerschutztür. Fränkie hat mit dem Hinweis: »Is nur für unsre Sicherheit!« einen Besen unter der Klinke verkeilt.

Als Martin aus seinem Schlafsack fährt, weil das Rütteln an der Tür heftiger wird, bricht der Stiel und der Besen unter der Klinke gibt nach.

»Sitz!«, sagt eine Stimme, ehe die Tür geöffnet wird.

Martin hört das Hecheln eines Hundes, springt auf und muss an die Szene im Waldschwimmbad denken. Er zieht eilig seine Jeans, die Schuhe, sein T-Shirt an und steckt seine Socken in die Tasche. Neben ihm ist Fränkie längst fertig zum Aufbruch und horcht geduckt auf die Geräusche am Eingang zu den Verschlägen.

Durch den Schlitz der noch kaum geöffneten Feuerschutztür fällt das Licht einer Taschenlampe. Martin stopft seine Sachen in seinen Rucksack und schaut sich ängstlich um.

Vierzig Meter muss der Hund zurücklegen. Vierzig Meter zwischen der Dachbodentür und dem letzten Verschlag. Vierzig Meter sind höchstens vier Sekunden.

»Und jetzt?«, fragt Martin.

Wieder kann er den Vorwurf in seiner Stimme nicht unterdrücken. Noch scheint der Hauswart vor der Tür trotz seines Hundes zu zögern. Vielleicht durchsucht er zuerst den gegenüberliegenden Raum, einen alten Trockenboden mit Ecktürmchen. Oder er lässt sie absichtlich zappeln. Oder er horcht, ob sich etwas bewegt.

Wo ist der Ausgang?, fragt sich Martin. Und warum ist das alles nicht bloß ein böser Traum?

Als er klein war, hat er manchmal von Hexen geträumt. Er hat geträumt, er käme spätabends vom Training heim und würde im Treppenhaus der Mietskaserne in der Großstadt, in der sie anfangs gewohnt hatten, ehe sein Vater die Chefarztstelle in der Landesklinik bekam, von einer alten Frau überrascht. Die Frau ist ihm schon von der ersten Begegnung an unheimlich. Er beeilt sich die elterliche Wohnung im dritten Stock zu erreichen. Doch weder an der vertrauten Wohnungstür noch auf der gegenüberliegenden Seite findet er das Namensschild aus Messing mit dem gewohnten Namen: Waltermann.

Er hört die Schritte der alten Frau im Treppenhaus und meint allein wegen des Geräuschs zu wissen, dass es sich um eine Hexe handeln muss, die ihn verzaubern will.

Er läuft am dritten Stock vorbei, findet auch im vierten weder seinen Nachnamen noch einen Hinweis auf die elterliche Wohnung, läuft hinauf zum Dachboden, stemmt, stößt, verfolgt von den Schritten der alten Frau, die zunehmend schneller die Treppe heraufkommen, die Dachbodentür auf und findet ein Fenster.

Als die Frau im Rahmen der Tür auftaucht, springt Martin und landet weich, in aufgegrabener Erde.

Die Hexe bleibt im Fenster des Dachbodens zurück.

»Hier lang!«, ruft Fränkie.

Martin zittert und reißt sich zusammen. Fränkie drückt die Dachluke so selbstverständlich auf, als würde er jede Nacht geweckt werden und müsste hinaus aufs Dach steigen.

»Hoffe, du bist schwindelfrei. Un 'n bisschen sportlich.«

Das Letzte, was Martin vom Dachboden sieht, ist der wieder hergerichtete Verschlag, in dem, sieht man von den Matratzen ab, wenig darauf hindeutet, dass hier eben noch zwei Jungen geschlafen haben. Der Hauswart ist nirgends zu entdecken.

Behutsam schließt Fränkie die Luke. Leise schleicht er mit Martin über die Stege der Schornsteinfeger bis zu einem mächtigen Kamin.

Es nieselt nicht mehr. Der Himmel ist klar. Berlin wirkt groß und erleuchtet. Zehn Uhr zeigen die Zeiger an einem nahen Rathausturm.

»War'n früh im Bett«, sagt Martin, als er das Gesicht des Hauswarts plötzlich kurz in der Luke auftauchen sieht.

»Zu früh«, ergänzt Fränkie.

Diesmal klingt seine Stimme vorwurfsvoll, während der Hauswart grinst. Dann kann Martin deutlich hören, wie der Mann die Dachluke mit einem Vorhängeschloss versperrt.

»Scheiße!«, murmelt Fränkie. »Das war's wohl«, fügt er hinzu.

18

Berlin ist riesig, ein Meer. Fränkie und Martin müssen über mehrere Dächer balancieren, bevor sie eine weitere offene Dachluke erreichen.

Martin hilft Fränkie beim Abstieg ins Treppenhaus. Fränkie ist mürrisch und schweigsam. Ohne auf Martin zu achten läuft er zielstrebig durch die Straßen bis zu einem Park.

In der Mitte des Parks gibt es einen Teich mit einem Springbrunnen, der abgestellt ist. Die Nacht über den Bäumen duftet nach frisch gemähtem Gras und Rosen. Am Rand des Parks befindet sich, eingelassen in die Mauer eines U-Bahntunnels, eine öffentliche Toilette.

Wie zufällig stehen einige Männer davor, wechseln wenige Worte und verschwinden anschließend im Innern des Häuschens oder ein Stück abseits in den Büschen.

Was geschieht hier?, fragt sich Martin. Und was will Fränkie hier? Er betrachtet seinen Begleiter, der ein Stück vor ihm hergeht, als würde Martin gar nicht existieren.

Seit die Dachluke zu Fränkies Kabuff von dem Hauswart abgesperrt worden ist, der auf Martin wie ein Wiedergänger, wie eine Art Zombie des

Wachmanns aus dem Waldschwimmbad gewirkt hat, und sie über Leitern und Terrassen zur Straße hinunterklettern mussten, hat sich Fränkies Laune mit jedem Schritt verschlechtert.

Martin hat den Eindruck, dass Fränkie ihm die Schuld am Erscheinen des Hauswarts gibt: weil er nach einem Schlafplatz gefragt hat, obwohl es noch nicht dunkel war, so dass Fränkie – vielleicht nur, um dem Wunsch seines Begleiters nachzukommen – zu früh, viel zu früh, auf den Dachboden gestiegen ist.

Während Martin dem missmutigen Jungen folgt, mustert er ihn skeptisch. Vielleicht will er mich auch überfallen? Kann ja nicht wissen, dass ich total pleite bin. Oder vielleicht will er mich bloß wieder loswerden? So wirkt es zumindest. Warum sagt er nichts? Tief in Gedanken trottet Martin hinter Fränkie her, als er – er traut kaum seinen Augen – vor einer Parkbank, auf der Fränkie seine Sachen abstellt, einen Zehnmarkschein entdeckt.

Zweimal schließt er die Augen, zweimal öffnet er sie: Kein Irrtum – da liegen zehn Mark!

Martin bückt sich beiläufig. Er lässt den Schein in der Tasche verschwinden, obwohl er erneut ein schlechtes Gewissen hat, und verschweigt den Fund gegenüber seinem Begleiter.

Fränkie, nur Augen für das Klo und die Männer, deutet auf seine Sachen und sagt ohne Martin dabei anzusehen: »Bleib hier! Pass auf! Ich komm gleich.«

Es klingt wie ein Befehl. Und für einen Moment ist Martin derart eingeschüchtert, dass er sich ohne Einwand auf die Parkbank setzt und seine Hand auf Fränkies Bündel legt, als könne er es so besser bewachen.

Der Wein macht ihm Kopf und Beine schwer, als hingen daran zusätzlich Gewichte. Und während er sich fragt: Was mach ich eigentlich hier?, läuft Fränkie – sein Gang kommt Martin zögernd vor, als gehe er gegen ein Hindernis an – über die dunkle Wiese auf die Klos zu.

Einer der dort wartenden Männer spricht ihn sofort an und nimmt ihn in den Arm. Sein Haar ist kurz und grau, geschoren.

Ein Freier? Unwillkürlich erhebt sich Martin von der Bank und geht zwei Schritte auf die Toilettenanlage zu.

Als Fränkie sich dem grauhaarigen Mann zuwendet und sich zu einem Lächeln zwingt, während der Mann ihm eine Hand leicht in den Nacken legt, weiß Martin, dass er die Nacht allein verbringen wird und sich selbst einen Schlafplatz suchen muss.

Er umfasst den einbeinigen Teddybären, den Fränkie nicht auf dem Dachboden zurücklassen wollte.

Er schließt die Augen und stellt sich vor, wie der

Mann mit dem grauen Haar Fränkie seine Sachen holen lässt, ihm beim Einsteigen ins Auto erneut den Arm um die Schulter legt, als wolle er ihm beim Platznehmen helfen, und Fränkie, kaum wären sie angefahren, die Hand auf den Schenkel oder das Knie legt.

Als säße Martin im Kino, laufen die Bilder vor seinem inneren Auge ab: Wie der Mann, nachdem er mit seinem Begleiter in seiner Wohnung angekommen ist, Fränkie das Bett mit den frischen, im gedimmten Licht matt schimmernden Laken zeigt, ihn auf die Dusche und die Toilette hinweist, die Badewanne, den Shampoo-Spender, ihn fragt, ob er noch Hunger habe oder ob er jetzt müde sei, und Fränkie ein Getränk anbietet, eine Zigarette. Dem einbeinigen Teddybären würde der Mann ein eigenes Kopfkissen geben: »Weil er es auch bequem haben soll. – Komm, Fränkie!«

Als Martin langsam in die Wirklichkeit zurückkehrt, spürt er das Knistern des Zehnmarkscheins in der Tasche seiner Jeans, zottelt das Geld aus der Hose und legt es neben Fränkies Bündel auf die Bank. Den Teddybären behält er.

Als er aufsteht, kommt er sich wie ein Verräter vor.

Er schaut nicht mehr zu Fränkie hinüber, der mit dem Grauhaarigen redet und sich weder um seine Sachen noch um Martin zu kümmern scheint.

Die erste Bank im nächsten Park riecht nach

Urin, die zweite riecht nach Hundescheiße, neben der dritten liegen Wurstpellen und Käsereste, an der Lehne klebt Vogeldreck, die vierte steht mitten auf einer Wiese und wirkt wie frisch poliert.

Martin ist inzwischen so müde, dass er nur noch daran denkt, sich hinzulegen und zu schlafen. Die Gedanken wandern wie feiner Sand durch seinen Kopf: Geld hab ich keins. Keiner kann mir was klauen. Die Schwulen scheinen ihr Revier drüben bei den Klos zu haben. Räuber? Fixer? Ich muss pennen. Hätt vielleicht lieber den Teddy von Fränkie liegen lassen sollen. Schlagzeile am nächsten Morgen: *Gestorben mit durchschnittener Kehle, aber mit einem Stofftier im Arm.* Horrorfilm-Unsinn. Morgen geht's weiter. Mann, Fränkie, ist es das wert?

Kaum hat sich Martin auf seinen Daunenschlafsack gelegt und den Rucksack so unter seinen Nacken gestopft, dass er ein passables Kopfkissen abgibt, schaltet eine Zeitschaltuhr, die nur etwas von der Hitze, aber nichts vom nächtlichen Nieselregen weiß, automatisch den Rasensprenger an.

Begleitet von einem zischenden Geräusch, das Martin an die Sommer seiner Kindheit im Garten seiner Eltern erinnert, durchnässt der künstliche Regen den kältetauglichen Daunenschlafsack, ihn selbst und sein übriges Gepäck.

Martin macht keinen Versuch, von der Parkbank aufzustehen, um zu retten, was nicht mehr zu retten ist. Er bleibt einfach auf der nun frisch gewaschenen Fläche liegen und wartet mit offenen Augen und nassem Gesicht das Ende des Schauers ab.

Mutlos knüllt er den Schlafsack danach zu einem Klumpen zusammen, verstaut ihn feucht in seinem Rucksack und setzt sich auf die nasse und kalte Bank.

Irland, denkt Martin, könnte nicht schlimmer sein.

Er ist müde und hungrig, ihm ist alles egal.

Ohne große Hoffnung durchsucht er seine Taschen nach einem Bonbon oder Kaugummi und findet stattdessen ein Papierknäuel, einen gefalteten Zettel, der sich, als er ihn auf dem Rucksack ausbreitet, als der Geschäftsbrief von Gilas großer Schwester entpuppt: *Helen Boosekamp – Architekturbüro.*

Der Brief ist vom Wasser kaum aufgeweicht worden, weil er in der Gesäßtasche der nur an Bauch und Oberschenkeln rasengesprengten Jeans gesteckt hat. Neben dem Namen der älteren Schwester stehen Telefon- und Faxnummern sowie eine E-Mail-Adresse. Martin glättet das feuchte Papier, nimmt seine Sachen, verlässt den Park und findet nah einer U-Bahnstation eine Telefonzelle, deren Apparat nicht, wie bei den anderen nebenan, demoliert oder herausgerissen ist.

Als er den Hörer abnimmt, spürt er seine Erschöpfung. Er zögert zwei Sekunden. Dann wählt er ergeben Helens Nummer.

19

Am Tag ihrer Rückkehr nach Berlin wacht Gila am frühen Nachmittag in einem Bauwagen auf.

Auf dem Tisch stehen leere Bierflaschen, ansonsten ist der Wagen ordentlich, fast penibel aufgeräumt. Auf einer Wäscheleine hängt ein schwarzer Badeanzug. Nur auf dem Boden liegen mehrere Gestalten in Schlafsäcken und unter Decken, daneben einzelne Hunde. Unwillig registriert Gila ihren Besuch.

Die Tür steht offen. Leises Schnarchen ist zu hören. Als Gila sich von ihrer Matratze erhebt, die auf einem Podest liegt, wird niemand wach. Auch nicht die Gestalt im Bundeswehr-Schlafsack neben ihr, bis Gila an ihr rüttelt.

»Stefan«, sagt sie. Nichts rührt sich.

»Stefan!«, wiederholt sie mit Nachdruck.

Stefans Kopf, verwuschelt, einige Strähnen rot, andere grün, taucht unter der Schlafsackkapuze auf. Sein Blick ist verschwommen, in seinen Wimpern klebt Schlaf.

»Wir hatten doch was vor«, sagt Gila.

»Bitte! Nur noch 'n paar minutes, please!«

Stefan verschwindet wieder unter der Kapuze. Sein Atem wird rasch regelmäßig.

Leise steht Gila auf und schleicht mit ihren Sachen hinaus. Sie wird alleine frühstücken: Wer nicht will, der hat schon.

Gila geht hinüber zu einem großen Abbruchhaus nahe den Resten der Wagenburg und setzt sich dort in eine kleine Küche im letzten Stockwerk unterm Dach.

Noch ein paar Tage, denkt sie, höchstens! Dann müssen unsere Bauwagen weg sein und die Bagger sind hier.

In ihrer Vorstellung sieht sie die stählerne Abrissbirne gegen das Mauerwerk schlagen, bis die Steine nachgeben, der Küchenboden aufreißt und der Kühlschrank kippt.

Durchs Fenster dringen Baustellengeräusche. Das Rattern der Pressluftbohrer reißt Gila aus ihren Gedanken. Ein halb fertiger Bürokomplex erhebt sich am Ufer der Spree.

»Puh«, sagt sie leise, »noch ist es nicht so weit.«

Sie beißt in ein Marmeladenbrötchen, spürt den süßen Geschmack auf der Zunge und denkt: Was soll's? Kann mir egal sein. Diesmal hat das Schicksal mich beschenkt.

Gila legt Martins Brustbeutel vor sich auf den kleinen Tisch und isst langsam, um die Vorfreude mit jedem Bissen auszukosten. Als sie ihr Frühstück beendet hat, stellt sie Geschirr und restliches Essen in den Kühlschrank am Fenster zurück, den sie mit einem Vorhängeschloss sorgfältig verschließt. Dann erst zählt sie noch einmal das Geld, das sie Martin im Zugabteil gestohlen hat: annähernd eintausendneunhundert Mark.

»Puh«, sagt sie, etwas lauter.

Unterm Zwerchfell nagt sacht das schlechte Gewissen.

Gila zuckt die Schultern. Nach kurzem Überlegen fasst sie einen Entschluss.

Sie geht zum Kühlschrank und holt einen Piccolo heraus. Sie gießt sich ein Glas ein und prostet ihrem Spiegelbild zu. »Vom Waldschwimmbad mit Waltermann zu den Austern in Acapulco . . .«

Danach verlässt sie das Haus.

Gila läuft durch schmale, dann breitere Straßen. Sie öffnet die Tür eines Reisebüros und fragt den Angestellten nach einer Verbindung nach Acapulco, nach Flugpreisen nach Mexiko, nach Billig- und Last-Minute-Angeboten.

Der Angestellte blättert in einem Katalog und sucht eine Weile in seinem Computer. Er schreibt eine Summe auf einen Zettel. Dann hebt er bedauernd die Schultern. Mühsam unterdrückt Gila ihren Ärger.

Wieder draußen auf der Straße bleibt sie vor der Schaufensterscheibe des Reisebüros stehen. Gila ist unentschlossen. Woher soll sie das fehlende Geld nehmen? Jetzt, da ihr Ziel so greifbar nahe ist? Mit Zahnlücke und Zunge erzeugt sie ein leises pfeifendes Geräusch, bevor sie eine Telefonzelle sucht.

Nach einigem Zögern ruft sie im Architekturbüro ihrer Schwester an. Während sie die Nummer wählt, kommt sie sich vor, als kröche sie zu Kreuze.

Egal, denkt Gila und gibt sich einen Ruck.

Ein Mann hebt ab. Helen Boosekamp lässt sich gegenüber ihrer Schwester verleugnen. Dennoch macht sich Gila auf den Weg.

Die Gegend, in der ihre Schwester sowohl wohnt als auch arbeitet – wenn sie nicht *geschäftlich unterwegs* ist –, besteht aus schönen alten Häusern mit dunklen Nadelbäumen in ausladenden Gärten und teuren Autos in Garagen oder am Straßenrand. Das perlgraue BMW-Cabrio passt nahtlos in das Viertel.

Gila, die es sonst möglichst vermeidet, ihre Schwester zu treffen, prägt sich die Umgebung genau ein und hat keinen Blick für das lichte Flirren der Luft überm Asphalt, ehe es wenig später leicht zu nieseln beginnt.

Die Haustür ist aus schwerem Holz. Über der Gegensprechanlage befindet sich ein großes, glänzendes Messingschild, das in schlichten Druckbuchstaben die Aufschrift trägt, die Gila am liebsten zerkratzen würde, bis kein Wort mehr zu lesen wäre: *ARCHITEKTURBÜRO BOOSEKAMP & PARTNER*.

Gila klingelt.

Sie horcht auf das Knistern des Lautsprechers. Sie ruft: »Mach auf!«

In dem kleinen Kasten raschelt es, als würden Mäuse eilig in Strohballen verschwinden.

Der Türöffner summt. Entschlossen nimmt Gila die Treppen bis hoch zu den Büroräumen.

»Was willst du?«, fragt Helen und verstellt ihr die Tür des Büros im Dachgeschoss.

Noch ist Gila keine Bittstellerin, noch kann sie es vor sich und ihrer Schwester verbergen. Lässig steht sie im Türrahmen und fühlt sich, obwohl ihre Schwester sich wie unabsichtlich über die Wange streicht, im Recht.

»Bin ich schlecht für dein Image, Schwesterchen?« Gila bohrt in ihrem Ohr.

Helen atmet tief durch und lacht abschätzig.

»So was wie dich halten wir uns zur Belebung der Innenstädte. Was willst du?«

»Was werde ich wohl wollen, Schwesterchen?«

»Geld.«

»Gib ihr nix!«, ruft eine männliche Stimme aus der Tiefe des Büros.

»Wer ist das?«, fragt Gila. »Bello?«

Helen, zu erstaunt, um überlegen antworten zu können, erwidert: »Hugo.«

»Boss?«, fragt Gila.

»Wie viel?«, fragt Helen unwirsch.

»Fünfhundert?«

»Abgelehnt.«

»Vierhundert?«

»Abgelehnt.«

»Dreihundert?«

Helen schüttelt den Kopf. Inzwischen lächelt sie.

»Es ist auch mein Erbe, Schwesterchen!«, faucht Gila empört.

Jetzt hört man ihrem Tonfall an, dass sie sich unterlegen fühlt.

»Ich heb's für dich auf«, erwidert Helen. »Für später.«

Gila fragt: »Was soll das?« Ihre Stimme klingt kleinlaut. »Nur weil unser Vater jetzt . . .«

»Tja.« Helen zuckt die Schultern.

Einen Moment weiß Gila nicht, wie sie reagieren soll. Dann dreht sie sich auf dem Absatz um. Hier hat sie nichts mehr verloren. Aus dem Augenwinkel erkennt sie, wie sehr ihre Schwester das Ende der kurzen Begegnung genießt. Denn während Helen den mächtigen Türflügel vorsichtig hinter der verblüfften Gila schließt, kann sie ihren Triumph nicht verbergen. Sie fährt sich über die Wange und feixt.

Gila springt die Stufen zur Eingangshalle hinunter. In Gedanken spuckt sie der Schwester ins Gesicht.

20

Einige Stunden später, längst sind Helen Boose-kamps Mitarbeiter gegangen, klingelt auf ihrem Schreibtisch das Telefon.

Helen hebt den Hörer ab. Gerade hat sie das Büro verlassen wollen.

»Ja?«, fragt sie, während sie heftig auf ihrem Kaugummi herumkaut.

Am anderen Ende der Leitung stammelt Martin: »Ich . . . Ich bin . . . Die Raststätte . . .«

»Ah«, sagt Helen Boosekamp, »der Tramper.« Sie macht eine Pause. »Der Chefarztsohn, n'est-ce pas?«

Ihre Stimme klingt spöttisch, das Schweigen da-nach verärgert, als würde sie gleich auflegen und Martin, dessen Lippen im Glas der Telefonzelle blau wirken vor Kälte, mit seiner klammen Kleidung in der Nacht stehen lassen.

Warum auch, denkt Martin, sollte sie mich einla-den? Sie kennt mich kaum. Hat mich auch früher kaum gekannt. War viel zu alt, schon längst er-wachsen. Verwechselt mich wahrscheinlich sogar mit meinem Bruder. Egal. Aber warum sollte sie sa-gen: Ach du? Na klar, komm doch vorbei! Vergiss die Raststätte, das Trampen. Bist doch fast ein Bekannter! Hab dich doch damals beim Wettkampf gesehen! – Es gibt keinen Grund, der dafür sprechen würde, aber viele, die dagegen sprächen. Ließe ich jemanden bei mir übernachten, den ich im Auto mitgenommen hätte und der sich kaum verabschiedet hat? Jemanden, dem ich egal bin wie ein Stück altes Brot?

Martin kommt sich in der Telefonzelle verlassen vor. Er schämt sich bei Gilas Schwester angerufen zu haben, dennoch legt er nicht auf.

»Woher hast du meine Nummer?« Das Misstrauen gibt Helens Stimme einen metallischen Klang. Das Klirren erinnert Martin an Gila auf dem Bahnhof.

»Der Brief. Der . . . als du, als Sie . . . als Sie so schnell angefahren . . .«

»Der Brief.« Helen hüstelt. »Ach der. Hatte mich schon gewundert.«

In der Leitung ist ein Geräusch zu hören, als sei eine Kaugummiblase geplatzt. In der Nähe des Telefons hört Martin am anderen Ende den Schlag einer Tür im Rahmen, danach klackende Schritte, Absätze auf Holz oder Stein.

»Und«, fragt Helen, »was willst du?«

»Ich dachte . . . ich, ich wollte . . .« Martin fühlt sich hilflos und ausgeliefert, als hätte ihn eine Lehrerin beim Abschreiben ertappt.

»Bei mir übernachten?« Helen lässt ihre Stimme klingen, als würde sie anfügen: »Du Schlingel« – ein

Wort, das Martin hasst. Gleichzeitig scheint sie zu lächeln, überlegen und nachsichtig. Er kann ihr Gesicht vor sich sehen. Egal, ob er die Augen öffnet oder schließt.

Vor Scham würde Martin sich am liebsten in Luft auflösen. Ich könnte, denkt er, den Hörer zurück auf die Gabel hängen. Unwahrscheinlich, dass ich Helen je wiedersehen werde. Aber er hat nun einmal angerufen. Er würde sich feige vorkommen. Außerdem lässt ihn die Kälte in der Zelle zittern.

Martin betrachtet sein Spiegelbild in der dunklen Scheibe. Die Haare wirken angeklatscht, die Schultern fallen herunter. Die Stadt kommt ihm groß vor, unendlich. Und er sich verloren und klein.

Am anderen Ende der Leitung hält Helen jetzt die Hand über die Muschel und verhandelt mit einer zweiten Person. Zu hören ist erregtes Gewisper, zwei weibliche Stimmen, die, während Martin in seiner nassen Kleidung stärker zu frieren beginnt, über sein Schicksal entscheiden: ein Dach überm Kopf, vielleicht eine warme Badewanne – oder die Straßen Berlins.

So ein Mist, denkt Martin. *On the road*, denkt er.

Am Telefon atmet Helen mittlerweile wieder lauter. Das Wispern ist verstummt und Martin wünscht, er hätte genügend Kraft oder es fiele ihm etwas Elegantes ein, um den unwürdigen Anruf einfach zu beenden. Aber er klebt am Hörer wie eine Fliege am Leim.

Als Helen erneut zu sprechen beginnt, hat sich der Tonfall ihrer Stimme verändert. Sie klingt viel vorsichtiger, beinahe beklommen, als sie fragt: »Kennst du eigentlich Gila, meine jüngere Schwester?« Wieder entsteht eine Pause. Wieder hört Martin das sachte Knatschen des Kaugummis, ehe Helen Boosekamp am anderen Ende fortfährt: »Die ist doch . . . nicht so sehr viel älter als du? Und du – oder dein Bruder –, einer von euch hat doch mal mit ihr gemeinsam trainiert?«

Martin zuckt bei der Erwähnung Gilas zusammen. Aber das kann Helen nicht sehen. Ihre Frage kommt ihm vor, als hätte sie ein schlechtes Gewissen.

Warum?, fragt sich Martin. Vage erwidert er: »Ein bisschen. Ich kannte sie ein bisschen.«

Dann sagt Gilas Schwester, und ihre Stimme klingt, als hätte sie die letzten Fragen nie gestellt: »Kannst kommen. Adresse wie im Brief – privat, nicht die Firma!«

Das dachte ich mir, denkt Martin.

Doch er sagt nur: »Danke«, und hängt den Hörer behutsam zurück in die Gabel.

Als Martin die im Brief angegebene Hausnummer gefunden hat, stellt er fest, dass Helen im zweiten Stock wohnt und im Dachgeschoss arbeitet. Ein weiterer Eingang zum Architekturbüro befindet sich in der Nebenstraße. Ein Pfeil weist den Weg. Neben der Klingel, auf die Martin gedrückt hat, steht *Helen Boosekamp* und, in Klammern, *privat.*

Niemand reagiert. Die Haustür steht offen.

Die Wohnungstür im zweiten Stock ist angelehnt. Martin öffnet sie vorsichtig. Wieder hört er zwei Stimmen.

Er meint auch Helens Tonfall zu erkennen. In der Diele ist keiner. Er lehnt seinen Rucksack an die Garderobe und wechselt schnell sein nasses T-Shirt und seine feuchten Jeans.

Es ist eine große Altbauwohnung. Die Dielen sind abgezogen. Als Martin durch den Flur läuft, hallt jeder Schritt. Aus dem Zimmer am Ende der Diele kommen Bruchstücke eines Gesprächs. Befangen betritt er den Raum, in dem bis auf einen enormen Esstisch kaum Möbel stehen. Martin spürt den Wein in seinem Kopf, den Weißwein von Fränkie. Ungeschickt streckt er eine Hand aus. Helen übersieht sie.

»Bitte!«

Sie bietet ihm einen Stuhl an. Spöttisch verzieht sich ihr Mund.

Ihr Gesicht ist stark geschminkt. Die Kerzenflammen knistern am Docht. Ein Diener, an dessen Revers das Firmen-Emblem eines Catering-Unternehmens prangt, trägt die Vorspeise, eine Pastete, auf.

Unglaublich, denkt Martin, so also lebt Gilas große Schwester . . .!

Je beklommener er sich fühlt, desto mehr bedauert er sie angerufen zu haben. Aber es wäre unmöglich, einfach wieder umzukehren und die große Wohnung zu verlassen.

Neben Helen sitzt eine zweite Frau. Sie schweigt. Martin nimmt Platz. Er denkt an die Geschäftsessen seines Vaters. Kollege Wichtig tätschelt das Knie der spargeldünnen Gattin: »Schmeckt's dir, Schatz? Nun iss doch noch ein bisschen!«

Kollege Noch-viel-Wichtiger lehnt sich zurück. Er rückt an der Krawatte: »Wissen Sie . . . ich denke ja . . . man soll nur so viel essen, wie . . .«

Wichtig, eilfertiges Nicken: »Ich bin ganz Ihrer Meinung!«

Während Martins Mutter mit den Desserts das Zimmer betritt, murmelt sie zerstreut und fahrig: »Alles, was übrig bleibt, frieren wir ein.«

Stocken. Schweigen. Scharrende Löffel. Martins Vater polternd: »Könn' ja auch dich einfrier'n. Haha!«

Er klatscht sich auf die Schenkel. Alle atmen erleichtert auf oder tun wenigstens so.

»Super, Ihr Dessert, Frau Waltermann!«, betonen die Kollegen im Chor, sehen sich an und lachen jovial.

Waren die Essen beendet, gingen Matthias und Martin im Ort an die erstbeste Imbissbude und kauften sich zwei große Portionen Pommes frites: mit Mayo und Ketchup, rot-weiß.

»Ja, also«, sagt Martin betreten und will erklären,

was ihm widerfahren ist und weshalb er Gilas Schwester schließlich angerufen hat.

Helen sagt, mit aufmunterndem Lächeln und ohne auf Martins Versuch, etwas zu sagen, einzugehen: »Kommst gerade richtig zum Essen.«

Wieder wird geschwiegen. Wieder möchte Martin sich vor Verlegenheit winden. Die Löffel klirren überlaut. Martin begreift nicht, warum Helen ihn zum Essen eingeladen hat. Mitternachtsessen. Candlelight. Erlesener als bei Waltermann, dem Chefarzt auf dem Land.

Ja, also.

Helen sitzt in einem hautengen Kleid am Tisch. Ein Diener serviert das Essen. Martin hört Helen flüstern: »Gemietet, ist gemietet!« Er fragt sich, welche Rolle er hier spielen soll. Alles kommt ihm unwirklich vor. Dass Helen sich am Telefon nach Gila erkundigt hat, scheint nicht mehr so wichtig zu sein. Oder, überlegt Martin, sie will warten, bis wir allein im Zimmer sind? Warum? – Egal. Der Wein breitet sich warm in seinem müden Kopf aus.

Was soll's?, denkt Martin. Ein Essen ist ein Essen – keine Pommes frites mit Mayo, aber das muss auch nicht sein. Und immerhin besser als eine Parkbank unter einem Rasensprenger.

Während der Diener die Suppe auf die Teller löffelt, stellt Helen ihrem Gast die andere Frau vor: »Lea Vanhalenberg.«

»Hallo«, sagt Martin.

Erneut kommt er sich unbeholfen vor und möchte im Boden versinken. Er weiß nicht, ob er Lea Vanhalenberg eventuell die Hand geben sollte.

»Hallo«, erwidert Lea.

Sie mustert Martin abschätzig.

Er beherrscht sich und versucht es ihr nicht gleichzutun. Ihre Haare sind blond und aufgesteckt. Ihre Figur ist noch schmaler, ihr Kleid noch fließender als das von Helen.

Martin scharrt mit dem Stuhl. Die Löffel klingen am Teller wie Glocken zur vollen Stunde.

Beide Frauen, schätzt Martin, sind Mitte oder Ende zwanzig. Ich bin knapp sechzehn. Eher fünfzehn. Er fühlt sich wie ein dreckiger, nasser Junge vom Dorf. Er hat Helen wenig freundlich behandelt. Sie hat ihn dennoch eingeladen. Gut so. Oder sonderbar? Er spürt, wie der Wein in seinem Kopf seine Gedanken leicht werden lässt. Wie Luftblasen tanzen sie auf und nieder. Inzwischen angenehm benommen schaut Martin sich genauer um.

Sehr edle Wohnung. Edles Essen. Dazu der Diener. Braucht man zum Essen. Stil. Alles Stil. Vasen und Wohnung. Wunderbar fließend, sehr dünne Kleider. Sieht man die Wäsche. Oder die Haut. Weshalb der Diener, sobald er ins Zimmer kommt, seinen Blick an die Dielen heftet. Fließende Stoffe, die wenig verbergen. Wären Schmitti und Jürgen Richter hier, würden ihnen die Augen aus den Höhlen fallen.

Angela würde nach fleischlosem Essen oder nach Tee ohne Giftstoffe fragen. Gila würde die Reste des Mahls oder das nächste Portemonnaie – einstecken, gut, sagen wir: stehlen. Matthias? *Ich bin Matthias.* Also erwachsen. Sollte ich besser niemals vergessen. Erste Sahne, die Suppe.

Und unser Diener, die Augen festgesaugt an den Dielen? Schafft es auch so, keinen Tropfen von der – na, logo – silbernen Suppenkelle aufs Tischtuch plempern zu lassen.

Weißes Tischtuch. Keine Muster. Muster wären spießig.

Also nicht pusten, sondern bloß püsteln. Bloß nicht die Suppe vom Löffel wegblasen und damit vielleicht Lea, die links von mir langsam die Lippen zu einer Suppenschnute spitzt, das hauchdünne Kleid, das Kleidchen bespritzen. Schon wieder Wein? Mein Kopf fühlt sich an wie eine Tonne, gegen die jemand mit einer supersilber-sehr-teuren Suppenkelle schlägt.

Aber, oh Gott, die ersten paar Tropfen plippern nun doch zurück in den Teller. Zeig dich als Sohn eines Chefarztes, Martin! Zeig dich als Benimm-Genie!

Wow, schmeckt wirklich gut, die Suppe. Gleich noch ein Löffelchen . . . Mist, jetzt hat Lea mich was gefragt. Aber was?

Mein Verstand ist wahrscheinlich im Wein ertrunken. Schon wieder Wein! Oder aber . . .? Das ist er! Typisch! Martin, der Träumer! Ah, sie wiederholt ihre Frage. Dabei streift, wie unabsichtlich, ihre Hand das Knie von Helen.

Ich bin ein Mann. Das sind zwei Frauen. Dann gib's den Diener: Mit seinen geknickten Blicken am Boden. Da hängen die Hoden – Kalauer. Au backe! Ich meine: zwei Männer, zwei Frauen . . . Wie war noch die Frage? Ist in der Suppe – Wein? Oder Schnaps? Oder Marihuana? LSD? Peyote? Die Frage von Lea: »Passiert einem Jungen wie dir beim Trampen nicht manchmal eigentlich auch was?«

Huh! Na, Manno. Wie meint sie das? Anzüglich? Oder harmlos-besorgt? Keine Ahnung. Da beugt sich der Diener noch ein Stück tiefer gegen die Dielen. Wozu haben die den bloß heute Abend gemietet?

Voll cool. Voll echt. Voll abgefahren.

»Diener? Geil!« Das wäre Schmitti.

»Diener? Saugeil!« Jürgen Richter.

Draußen ist Nacht. Und hier drinnen, die Suppe: heiß, wirklich sehr heiß. Und Schnaps ist da sicher . . .

Jetzt schaut mir Helen – mein Gott, hat die Augen! – mitten in mein Gesicht: »Wo ist denn deine Freundin von der Raststätte damals hin?«

Woher weiß sie von . . .? Pure Vermutung? Oder hat sie, ohne dass ich es bemerkt habe, noch einmal auf dem Rastplatz angehalten? Hat sie Gila etwa erkannt? Hat sie mich deswegen vorhin am Telefon nach Gila gefragt? Hat sie Gila und mich im Rückspiegel beobachtet? Hat sie nur irgendein Mädchen gesehen? Oder hat sie tatsächlich ein schlechtes Gewissen, weil sie ihre Schwester nicht auf dem Rasthof mitgenommen hat? Oder ist Gila etwas passiert? Hier in Berlin? Und Helen weiß nicht, wo sie ist? Und möchte von mir erfahren, wo sie nach Gila suchen könnte? Oder ist das alles pure Einbildung?

Und jetzt legt sie also, legt sie mir also eine Hand auf meinen Ellenbogen? Weil ich ihr Typ bin? Ihr gefalle? Hat sie mich deswegen mitgenommen? Obwohl ich so jung bin? *Weil* ich so jung bin? War ihre Frage am Telefon nach Gila nur eine Finte? Damit ich komme? Will sie mit mir . . .? Und was wird aus der anderen, aus Lea? Und dem Diener?

»Freundin?«, murmelt Martin. »Weg«, murmelt er. »Ich weiß nich . . .«

Er kommt sich – die Hitze im Raum scheint sein Gesicht mit Zangen zu fassen – vor wie in einem seiner Kindheitsträume, in dem ihm die Hexe über die Treppenstufen zur Dachbodentür gefolgt ist. Hier gibt es gleich zwei Hexen. Beide sind jünger als die in den Träumen. Beide tragen hautenge Kleider. Beide schenken mir Wein nach, kaum dass mein Glas geleert ist.

Wein mit Fränkie. Wein mit Lea. Wein mit Helen. Mit dem Diener. Wein füllt Beine, Kopf und Körper.

Alles um mich her wird warm. Martin fühlt sich wie in dichte Watte gepackt.

Manchmal sieht er, wie die Kerzenflammen wachsen und schrumpfen und vor seinen Augen Schlieren ziehen, als sähe er ein Foto, das mit zu langer Belichtungszeit aufgenommen wurde. Martin kneift die Lider zusammen. Plötzlich kommt es ihm vor, als wäre alles – Tag, Nacht, Reise – zu viel für ihn gewesen. Aber nun sitzt er hier.

Bei zwei Frauen in sehr dünnen Kleidern, die sich die Suppe und danach das Essen von einem Diener auftragen lassen, die sich dabei hin und wieder berühren. So, dass Martin nicht weiß, was er eigentlich denken soll.

Stattdessen schießt ihm durch den Kopf, dass er in knapp drei Wochen sechzehn wird. Sechzehn, oh ja!, ist schon fast achtzehn. Und achtzehn? Ha! Ja sowieso! Dank des Passes seines Bruders! Gutes Gefühl! Super Gefühl! Huch, na ja, da war'n wir schon . . .! In seinem Kopf sagt eine Stimme – nicht Schmittis, nicht Jürgen Richters, nein, Angelas Stimme wispert weich: »Du musst dich nur fallen lassen, Martin! Du kannst dich nicht fallen lassen, Martin! Das solltest du einmal üben, Martin! Du willst alles mit deinem Kopf begreifen! Du solltest dich einfach fallen lassen! Fallen . . .!«

Und Martin schneidet und schiebt auf die Gabel. Fisch. Oh je, nee, Fisch hat Gräten. Das wird schwierig. Er stellt das Glas auf das weiße Tischtuch. Und sagt zum Zimmer, Diener, allen: »Na klar, noch ein Stückchen von der Forelle!« Er schaut den Kerzen, den Schlieren der Flammen am Fenster, im Glas und an den rau verputzen melonengelben Wänden zu, wie die Schatten Tierköpfe bilden, die Martin manchmal gesehen hat: als er Kind war, doch dann nur im Fieber . . .

Er sagt zu Lea: »Sehn Sie, beim Trampen, ich denke, man könnte, will sagen, man kann ja . . . auch Leute kennen lernen, nette . . . Ich will nur sagen, dass . . .«

Die Zunge kommt nur mit Mühe über die holperigen Konsonanten hinweg. Und Martin denkt an Uwe und Udo, und Angela, alle in Salamanca. Und während ihm Helen – erneut, schon wieder und noch einmal – die Hand auf den Ellenbogen legt, sagt sie: »Unser Tramper scheint langsam müde zu werden.«

Sie erhebt sich. Martin erhebt sich. Auch Lea erhebt sich. Und der gemietete Diener rückt an Martins Stuhl.

Das Zimmer schwankt. Die Flammen der Kerzen geben den Waben und Kanten des gelben Verputzes die seltsamsten Muster. Scheinen am Rand auf rätselhafte Weise flüssig zu werden und zu verschwimmen. Lang ist der Flur. Lang ist die Diele.

»Hier kannst du schlafen«, murmelt Helen, als sie am schmalen Ende des Ganges angekommen sind.

Kein Wasserbett. Keine Kissenlandschaft. Kein Ambiente für Nächte zu viert. Eine schmale Kammer. Am Ende einer Wohnung und eines dunklen Flurs.

»Hier ist das Bad.« Helen lächelt. »Du kennst Gila gar nicht, oder?«

Im engen Kleid steht sie vor Martin und scheint auf eine Antwort zu warten. Er hält sich an der Wand fest, die kühl ist und nicht schwankt.

Als Helen Martin einen leichten Kuss auf die Wange gibt und fragt: »Bist du eigentlich der ältere oder der jüngere Sohn des Arztes?«, weiß Martin sich nicht zu verhalten.

»Das Bett ist frisch bezogen«, sagt sie leise.

Und Martin denkt an Fränkie und an den grauhaarigen Mann vor der Bedürfnisanstalt.

Während sich Gilas Schwester umdreht – Vielleicht kommt sie wieder? Nachts, wenn ich schlafe? Was wird mit Gila? –, spürt Martin, wie der Wein seinen Magen hebt. Er stürzt, so schnell er kann, ins Bad und muss sich übergeben.

Als er sich einige Zeit später von der Kloschüssel erhebt, vor der er gekniet und sich gekrümmt hat und den Finger noch einmal zur Probe tief in den Rachen steckt, obwohl längst keine Galle mehr kommt, sondern nur noch heißer, saurer Atem, hört er das Lachen von Lea und Helen vorn im großen Esszimmer und schämt sich.

In einem großen Spiegel im Flur sieht er das Bild

der beiden Frauen, die am Tisch beieinander stehen. Helen berührt ihre Freundin. Sie berührt sie am Arm. Die Berührung ist behutsam. Und vertraut. Eher zärtlich. Helen streichelt Lea, die den Kopf zurückwirft, während sie wieder lacht.

Martin lässt sich warmes Wasser über sein Gesicht laufen, trocknet sich ab, betrachtet sich prüfend im Badezimmerspiegel und geht – ohne dass er hätte genau begründen können, warum er die Nacht auf keinen Fall bei Lea, Helen und ihrem Diener verbringen möchte: immerhin im frisch bezogenen Bett – durch den langen, dunklen Flur, nimmt in der Garderobe seinen Rucksack und verlässt die Wohnung ohne sich verabschiedet zu haben.

So also lebt Gilas Schwester.

Als Martin die Haustür im Erdgeschoss aufschiebt und ihm die nach dem Regen kühlere Luft über Stirn und Wangen fährt, bleibt er im Schatten des Hauseingangs stehen, lehnt sich an die Wand und weiß, dass es richtig war zu gehen.

Spielt mit eurem Diener, denkt er, oder miteinander, aber nicht mit mir.

21

Die Luft ist mild und riecht nach Regen. In der Straße stehen Ulmen. Der Himmel ist wieder wolkenlos und wölbt sich über der Stadt.

Während Martin im Schatten des Hauseingangs wartet – worauf? ja, worauf? –, verborgen von einem Götterbaum, der neben der Fassade aus dem Pflaster wächst, sieht er zwei Gestalten, einen Jungen und ein Mädchen, in dunkler Kleidung, die sich, ein Stück voneinander entfernt, hinter geparkte Wagen ducken und probieren, ob die Türen abgeschlossen sind.

Der Junge wirkt im dünnen Licht der funzeligen Gaslaternen mager und zäh. Über die Schulter trägt er einen Beutel. Aus dem Stoff stoßen eckige Formen. Martin vermutet gestohlene Autoradios in der Tasche. Zu müde, um sich zu bewegen, zu gleichgültig auch, um sich zu entfernen, bleibt er im Schatten sitzen.

Dann reckt sich das Mädchen, als hätte es unvermutet etwas entdeckt, wonach es schon eine Weile gesucht hat. Martin erkennt Gila.

Fast hätte er nach ihr gerufen und wäre hinter dem Götterbaum hervorgekommen, vielleicht: -gesprungen?

Vor Freude? Vor Ärger oder Zorn?

Martin beißt sich auf die Zunge. Schlagartig ist er nüchtern und hellwach.

An einer nahen Kirchturmuhr schlägt eine Glocke zweimal zur vollen Stunde.

Gila geht langsam auf ein BMW-Cabrio zu, während sie Luft durch ihre Zahnlücke zieht, so dass der halb pfeifende, halb zischende Ton entsteht, der unverwechselbar ist.

»Stefan, komm mal hier rüber!«

Gilas Stimme klingt, als sei sie und nicht der Junge der Chef der Unternehmung.

Stefan also, denkt Martin. Wer ist das? Ihr Freund. Wahrscheinlich! Wut steigt in ihm auf. Er fragt sich, ob Gila nur mit ihm schlafen wollte, um an sein Geld zu kommen. Er denkt an Angela mit Uwe oder Udo in Salamanca. Stefan ist schmächtig, aber geschmeidig. Nachgiebig, denkt Martin. Was kann Gila an ihm finden? Das Geld hat sie bestimmt mit ihm geteilt . . .

Der Junge, der ein Auto mit einem Draht geöffnet und seine Arbeit beendet hat, verstaut das nächste Radio in seinem Beutel und schaut zu Gila hinüber.

»Hier steht es«, murmelt Gila, »hier drüben steht es. In echt!«

Martin denkt: Lass die Blätter des Götterbaums undurchdringlich genug sein – wie die Dornenhecken um Dornröschens Schloss.

Fern fährt eine S-Bahn aus einem Bahnhof. Die Luft duftet nach Gras und Rosen in Rabatten. Die Nacht besteht aus stillen Straßen und dem Gefühl, man könnte, nachdem der Regen vorbei ist, freier und leichter atmen.

»Was steht hier?«, fragt Stefan.

»Das Auto von meiner Schwester.« Gila lächelt. »Glaub ich.«

»Glaubst du?«

»Weiß ich.«

»Plötzlich?«

»Hundert Pro!«

»Selbst wenn. Lass es. Wir haben genug.«

»Kein Dach. Bloß Stoff.«

»Trotzdem.«

»Wieso trotzdem?«

»Zu neu. Zu viel Elektronik. Kenn ich noch nicht.«

»Musst du nicht kennen«, sagt Gila.

Sie zieht ein Messer aus ihrer Jacke und schneidet das Dach des Cabrios winkelförmig auf. Leise flappt ein Teil des Verdecks gegen die Karosse.

»Kein Alarm«, sagt Gila.

»Warte«, murmelt Stefan.

»Wer nich hören will, muss fühlen. Meine Schwester is 'ne . . . selten dumme Fotze.«

Herausfordernd blickt sie Stefan in die Augen.

»Das ist mir zu heiß«, sagt Stefan.

Gila setzt das Messer am Autoradio an.

Stefan ist nicht schnell genug bei ihr. Als Gila versucht den Radiorecorder aus der Konsole zu hebeln, löst sie den Alarm des BMW-Cabrios aus.

Martin zuckt im Schatten zusammen. Das alles, überlegt er, ist weder wirklich noch wahr, sondern nur die Fantasie eines Betrunkenen.

Er schließt die Augen, er öffnet sie: Alles ist wie vorher.

»Ganz große Klasse,« sagt Stefan, »very, very fine.«

Der Himmel hängt schwarz und klar über den eben noch ruhigen Straßen. Die Sirene schneidet die Stille in kleine, funkelnde Scherben, die am Trommelfell reiben.

»Gleich komm' die Bullen«, sagt Stefan.

»Zu spät.« Ungerührt hebelt Gila am Gerät.

Da und dort bewegen sich Gardinen. Licht wird angeschaltet. Doch niemand öffnet ein Fenster.

Bis Gilas Schwester im zweiten Stock des Hauses, in dessen Schatten sich Martin verbirgt, die Balkontür aufstößt und, gefolgt von Lea, an das Geländer tritt.

Wenn ich die Augen schließen würde, denkt Martin noch einmal, wäre der Spuk vorbei.

Aber er schließt die Augen nicht mehr, sondern linst durch die Blätter des Götterbaums hoch zu Helen Boosekamps Balkon, über dem das Dach beginnt mit den Oberlichtern des Architekturbüros.

Eben bin ich noch in dieser Wohnung gewesen.

Eben stand ich noch auf der sicheren Seite. Jetzt stehe ich hier und ducke mich so tief wie möglich in den Schatten, während der Alarm des Autos – mitgefangen, mitgehangen – auf mich weist, als wäre ich der Dieb.

Helen hält ein Handy in der Hand. Als sie ihre Schwester erkennt, zuckt sie kurz zusammen.

Lea sagt: »Nun wähl doch! Ruf die Polizei!«

Auch der Diener beugt sich über die Brüstung. Sein Haar wirkt zerzaust und krauser als vorher.

»Da hast du's«, sagt Stefan.

»Na und?«, erwidert Gila, während ihre Schwester zögert die Nummer der Polizei in ihr Handy zu tippen. Stefan hat Gila am Arm gepackt, um sie wegzuzerren, endlich zur Flucht zu bewegen. Gila schüttelt ihn ab. »Lass mich in Ruhe!«

Der Diener geht zurück ins Zimmer. Lea greift nach Helens Handy, doch Helen weicht ihr aus, so dass Leas helle Hand in der Leere hängen bleibt.

»Warum wählst du nicht?«, fragt sie.

Fern bremst eine S-Bahn in einem Bahnhof. Martin meint, den Chlorgeruch eines städtischen Freibads zu riechen. Wie lange die Nacht am Sprungturm zurückliegt! Wenn ich wieder zu Hause bin und erzähle, was mir passiert ist, wird mir keiner glauben.

»Komm jetzt«, bittet Stefan.

Er kann nur ihr Freund sein, denkt Martin, Weichei! Wieder spürt er die Wut.

Gila bückt sich neben dem Cabrio. Sie hält in jeder Hand einen Stein. Das Radio liegt auf dem Pflaster.

Stefan macht einen Schritt, als wolle er fliehen. Auch Lea verlässt den Balkon. In einem Vorgarten bellen zwei Hunde. Gila richtet sich auf. Das Messer hat sie in die Tasche gesteckt. Die Luft kommt Martin kalt vor, als wäre es plötzlich Winter geworden. Stefan tritt unschlüssig auf der Stelle. Er mustert die junge Frau mit dem Handy, die er noch nie gesehen hat.

Es ist, als trüge Gila ein Duell mit ihrer älteren Schwester aus, das lange vorbereitet war, als ginge es darum zu entscheiden, wer schuld sei am Tod des Vaters.

Martin kniet fröstelnd hinter dem Götterbaum. Stefan denkt: Was soll das? Lea betritt erneut den Balkon und beugt sich übers Geländer.

Sie will etwas rufen. Helen legt ihr die Hand auf den Mund. Noch flappt ein Teil des Cabrio-Dachs, vom Windstoß bewegt, hin und her, noch messen Gila und ihre Schwester – unten auf der Straße die eine, oben am Geländer die andere – einander nur mit Blicken.

Komm, will Stefan sagen, doch er schweigt.

Niemand kann die Bewegung, die Gila macht, nachdem sie lange stillgehalten hat, besser verfolgen als Martin.

Als befände sie sich in einem Film und würde

eine Szene in Zeitlupe spielen, wirft sie die Steine nacheinander in die getönte Frontscheibe des BMW-Cabrios.

Das Glas rutscht in sich zusammen und fällt, ein grüner Regen, auf die Polster und den Asphalt.

Während Gila und Stefan durch die Vorgärten verschwinden, gellt fern die Sirene der Polizei. Martin, der jetzt erst bemerkt, dass das Cabrio hellblau ist, löst sich aus seiner Erstarrung, klaubt das Radio vom Pflaster, das Gila neben dem Auto im Rinnstein liegen gelassen hat, und rennt, ohne Stefan und Gila noch einholen zu können, hinter den beiden her.

Der Diener räumt im Esszimmer das letzte Geschirr vom Tisch ab. Helen betrachtet nachdenklich ihr Handy.

»Was wollte das Mädchen von dir?«, fragt Lea auf dem Balkon. »Und warum hast du gezögert die Polizei anzurufen?«

Helen hebt die Achseln.

»War nich mein Wagen«, sagt sie.

22

Martin hat sich den Rathausturm und den Weg vom Rathaus zu dem Gebäude, in dem Fränkie mit ihm übernachten wollte, gemerkt. Er hat sich den Namen der U-Bahnstation sogar auf einem Zettel notiert. Auf der Fahrt mit der letzten Bahn und anschließend mit einem Nachtbus hat er über Gila nachgedacht und vor allem über Stefan.

Die Gedanken kreisen in seinem Kopf wie Bälle, die in einen Strudel geraten. Er denkt mit Bedauern an den misslungenen Versuch, Gila zu folgen. Wie lange sie Stefan wohl schon kennt? Er wälzt die Frage hin und her.

Morgen, denkt er, werd ich sie finden. Beide. Und dann soll'n sie sagen . . . Was soll'n sie sagen? Wenigstens, denkt Martin, wo mein Geld ist. Er denkt mit Schaudern an seine Flucht vor der Polizei.

Als Martin im Treppenflur des Gebäudes leise bis zum letzten Absatz hochgestiegen ist und vor der Tür des Dachbodens steht, wagt er zunächst nicht die Klinke zu drücken. Wenn der Hauswart die Luke verriegelt hat, hat er wahrscheinlich auch die Tür abgeschlossen. Martin schöpft Atem. Die Klinke senkt sich. Vorsichtig öffnet Martin die schwere Dachbodentür.

Zu müde, um noch einmal eifersüchtig oder richtig wütend zu werden, wäre es ihm inzwischen egal, wenn ihn der Hauswart im letzten Dachbodenverschlag auf den Matratzen fände.

Drei Uhr, denkt Martin, wenig Schlaf. Entweder der Kerl erwischt mich oder er erwischt mich nicht. Ich lass das Schicksal entscheiden.

Er kramt Fränkies rotes Kissen aus einer dunklen Ecke hervor und stopft es sich unter den Kopf.

Dann legt er seinen noch feuchten Rucksack auf die zweite Matratze, zieht die Knie unterm klammen Schlafsack eng an seinen Körper und drückt den einbeinigen Teddy fest gegen seinen Bauch.

Morgen früh, denkt Martin, ehe er einschläft, lass ich den Bären hier liegen. Es kommt ihm vor, als habe er, indem er das Stofftier zurückgebracht hat, eine Schuld beglichen.

Gleichzeitig überlegt er, ob Gila in Berlin ähnlich lebt wie Fränkie. Ob sie manchmal mit jemandem mitgeht? Ihn schaudert erneut. Ehe er einschläft, durchfährt es ihn heiß –

Morgen werde ich Gila in ihrer Wagenburg finden. Morgen, denkt Martin, bestimmt.

Am nächsten Tag hat er Glück.

Er wacht spät auf. Kein Hauswart und kein Hund kontrollieren die Verschläge. Als Martin sich durchs Treppenhaus hinunter auf die Straße schleicht, hat er den Eindruck, dass alle Bewohner längst zur Arbeit gegangen seien. Er kauft für sein letztes Geld Brötchen, Milch und Bananen.

Martin überlegt. Dann pirscht er sich zurück zur Dachbodentür. Wählt, nach kurzem Zögern, nicht den lang gestreckten Raum mit den muffigen Kabuffs, sondern den gegenüberliegenden Trockenboden.

Dort findet er eine Dachluke, die sich mit einiger Mühe öffnen lässt, klettert hinaus und frühstückt unter einem sonnigen Himmel über den Dächern Berlins.

Heute, denkt Martin und breitet die Bananenschalen wie zur Beschwörung der kreisenden Krähen auf der schon warmen Teerpappe aus, heute ist mein Tag. Er spürt es.

Die Wagenburg, die er kurz darauf am Spreeufer entdeckt, besteht nur aus wenigen Bauwagen, die auf einem wild überwucherten Grundstück vor einem Abbruchhaus stehen. An einem der Wagen rangiert ein Trecker. Die Deichsel passt nicht an die Hängerkupplung.

»Musst noch mal vor!«, ruft eine junge Frau mit verfilzten Haaren dem jungen Mann am Lenkrad zu. Ein Hund kläfft. »Los, Mann, mach schon! Bis morgen müssen wir weg!«

»Ja, ja«, sagt der Mann auf dem Traktor. Bleichblaues Haar, eher ein Junge. Es klingt wie: Lass mich in Ruhe. Der Hund springt, alle viere voran, freudig bellend auf seinen Schoß.

In der Nähe des Abbruchhauses steht ein Zaun. Hinter dem Zaun – *Eltern haften für ihre Kinder* – beginnt eine Baustelle. Die Rohbauten der Hochhäuser erinnern Martin an Gila, an ihre Bitterkeit, als sie im Wald gesagt hat: »Ein kaltes Meer. Und der Himmel . . .?«

Platz für Büros und Fahrstühle, denkt Martin.

Um eine erloschene Feuerstelle sitzen verschlafene Gestalten. Einige packen Sachen zusammen. Nicht wenige haben Ähnlichkeit mit dem Punk vom Bahnhof Zoo. Fast alle besitzen Hunde.

Martin nähert sich ihnen zögernd, dann gibt er sich trotzig einen Ruck. Entschlossen sagt er: »Hallo!«

»Hi«, erwidert müde ein Junge.

»Was willst du?«, fragt ebenso müde ein Mädchen. »Bist du 'n Zivi?«

»Lass ihn«, murmelt der Junge. »Das 'n Bauer. Der duftet doch nach Dung.«

Die Gruppe an der Feuerstelle mustert Martin wie eine Kartoffel, die sich plötzlich bewegen kann. Die, die ihre Sachen gerade zusammengepackt, gestapelt und verschnürt haben, halten in ihrer Tätigkeit inne. Einige lachen. Einige grunzen. Die Hunde kläffen. Der Junge öffnet mit den Zähnen eine Flasche Bier.

Martin verzieht trotzig sein Gesicht. »Kennt jemand von euch 'ne Gila? Vorn mit 'ner Zahnlücke. Durch die sie manchmal so ein bisschen pfeift?«

»Logo«, nuschelt das Mädchen, das ihn für einen Zivilpolizisten gehalten hat, und deutet unbestimmt mit dem Kopf über ihre Schulter auf einen der letzten Bauwagen und das Abbruchhaus.

Jetzt fällt ihr der Junge ins Wort. »Hey«, fährt er das Mädchen an, als habe es schon zu viel gesagt.

»Ich denk, das is 'n Bauer«, zischt das Mädchen.

»Trotzdem.« Der Junge hält es am Arm fest.

Das Mädchen macht sich los, erhebt sich und geht auf Martin zu.

»Gila . . . is irgendwo dahinten. Mit den andern im Park oder so. Stevie . . .«

Als das Mädchen den Namen erwähnt, zuckt Martin unwillkürlich zurück.

Das Mädchen bemerkt es und lächelt gedankenverloren. Inzwischen steht es mit Martin ein Stück abseits der übrigen Gruppe, die zwei kämpfenden Hunden zuschaut.

»Verliebt?«, erkundigt sich das Mädchen und mustert Martin mitleidig. »Vergisses. Gila will weg . . . Und Stefan? Der bleibt bei ihr . . . Die haben sich verabredet . . . Die hat bei ihm auf ewich was gut . . .«

Versonnen blickt das Mädchen Martin nach, der ihr am Ende nicht mehr zugehört hat, sondern – als hetzten ihn die Hunde der Punks und alle Wachschützer der Welt – über eine Brache zu einem kleinen Park hinübergelaufen ist.

Es handelt sich eher um eine Grünanlage zwischen zwei klobigen Rohbaublöcken unmittelbar am Ufer der Spree. Dort, im Schatten der Bäume und in der Nähe eines U-Bahneingangs, hockt eine weitere Gruppe Jugendlicher umgeben vom Lärm der Baumaschinen und bittet die Passanten, die in den U-Bahnschacht steigen, um Geld.

Ein Stück abseits sitzen Gila und Stefan auf einer Bank. Gila reißt eine Bierbüchse auf, die ihr Stefan vergeblich wegzunehmen versucht.

Es ist zwölf Uhr mittags.

Als Martin sich der Grünanlage weit genug genähert hat, hört er Stefan sagen: »Was soll die blöde Sauferei?«

»Scheiße!«, zischt Gila, »weil's nicht reicht! Das verfluchte Geld reicht nicht, obwohl's so viel ist. So viel, wie wir noch nie hatten! Und deshalb gib mir jetz' mein Bier!«

»Nein«, sagt Stefan ruhig, während sich Martin hinter dem riesigen Rad eines Muldenkippers versteckt und nicht weiß, was er tun soll.

Gila zerrt an der Bierbüchse. Martin kann es kaum mit ansehen. Das Bier schwappt aus der Öffnung über ihr T-Shirt. Sie dreht sich weg und hört deshalb nicht, wie Stefan murmelt: »Für *ein* Ticket würde es reichen . . .«

Martin versteht nur: Ticket.

Er merkt, wie er vor Wut mit den Zähnen knirscht. Er ballt die Fäuste. Er bohrt die Fingernägel vor Ärger in die Handflächen. Er muss sich be-

herrschen nicht aufzustampfen. Nicht loszubrül-
len. Er will sein Geld zurück. Wie soll er das
anstellen?

Er zählt die Jugendlichen zwischen den Büschen
und Rabatten. Bestimmt zwanzig. Ich bin einer.
Heftiger als den Zorn empfindet er seine Ohn-
macht.

Ti-cket, Ti-cket, Ti-cket.

Das Wort rumort in seinem Schädel wie eine na-
delfeine Stanze. Sein Ärger und seine Wut wachsen,
wenn er sich daran erinnert, was Gila im Wald nah
dem Schwimmbad noch gesagt hat: »Das Meer hat
keine Kanten. Es ist wie der Himmel überall . . .«

Wie verlogen, denkt Martin, wie unglaublich
verlogen. Bier saufen und Blech reden.

Als er meint sich nicht mehr beherrschen zu
können und gerade hinter dem Rad des Mulden kippers vor- und auf Gila zuspringen will, hält neben
dem kleinen Park ein Polizeitransporter.

Die Türen des grün-weißen Wagens öffnen sich.
Die Polizisten steigen aus. Sie bewegen sich langsam, als räumten sie jeden Tag einen Park, als würden sie Morgen für Morgen jemanden von einem
öffentlichen Platz vertreiben.

Sie tragen weder Helme noch Plexiglasschilde.
Einige halten die Hand am Knüppel. Aber keiner
scheint die Absicht zu haben, einen der Punks im
Park zu schlagen. »Verschwindet«, sagt der Chef der
Kohorte, »wie immer: verschwindet einfach.«

Die Jugendlichen, selbst die Hunde, ziehen den Kopf zwischen die Schultern und scheinen zu verstummen. Die Augen haften am Kies der Wege und zählen die einzelnen Steine. Die Gruppe erhebt sich vom Rasen und weicht vor den Polizisten, die es nicht eilig haben, zurück.

»Wir mögen keine / Bullenschweine«, murmelt, beinahe unhörbar, ein Punk. Ein Polizist stößt ihm die Faust in den Rücken.

Gila lässt ihre Bierdose fallen. Mit einem Schlag wirkt sie klar und nüchtern. Sie duckt sich, ein wachsames Tier auf dem Sprung. Als gäbe es, denkt Martin, mindestens zwei Personen in ihr. Eine, die sich gehen lässt. Eine, die aufpasst und lauert und, sobald es nötig wird, zur Stelle ist und handelt.

Martin beneidet sie um diese Fähigkeit.

Weil Gila und Stefan ein Stück entfernt von den anderen auf der Bank gesessen haben, werden sie von den Uniformierten aus dem Polizeitransporter übersehen, die sich, immer noch ohne besonderen Eifer, um den größeren Rest kümmern. Gemächlich rücken die Polizisten vor.

Gila hat nur Augen für das Geschehen in der Grünanlage. Martin hat nur Augen für Gila. Fast kommt es ihm vor, als würde sie sich im nächsten Moment bücken wollen und wie in der Nacht zwei Pflastersteine aufheben, um sie an die vergitterten Scheiben des grün-weißen Wagens zu werfen.

Stefan hat Gila am Arm gepackt und will sie von Punks und Polizisten fortziehen.

»Reiß dich zusammen!«, wispert er. »Sonst hocken wir bis morgen früh bei den Bullen in der Zelle!«

Gleichzeitig schaut er sich um, sondiert, wohin er mit Gila weglaufen könnte, würde sie nicht Anstalten machen, sich auf die Polizisten zu stürzen, während Martin sich hinter dem riesigen Reifen des Muldenkippers duckt.

Was mach ich hier?, denkt er. Wie konnte mir so was passieren?

Dann geht alles ziemlich schnell.

Im gleichen Augenblick wie Stefan bemerkt Martin einen Wachschutzangestellten, einen Mann, der wie ein Familienvater aussieht, der die Arme vor der Brust verschränkt hat und Gila eingehend mustert.

Die Polizisten und die Punks bewegen sich in die eine Richtung. Die Bauarbeiter beginnen ihre Mittagspause oder sind auf anderen Teilen der Baustelle beschäftigt. Nur der Wachschutzangestellte – vielleicht hat er die Polizei benachrichtigt und auf ihr Eintreffen gewartet – sowie Martin, Stefan und Gila befinden sich noch dort, wo der kleine Park endet und der erste Rohbau nah der U-Bahn beginnt.

»Hey«, sagt Stefan leise zu Gila und macht sie, indem er sie am Ärmel zupft, auf den Wachmann aufmerksam. »Hey«, flüstert er, »Koschnick. Your very,

very best . . . heimlicher Verehrer . . . Der ist doch schon seit Tagen, seit Wochen auf dich scharf . . .«

Gila braucht einen Moment, um sich zu orientieren.

Der Wachschutzangestellte zündet sich eine Zigarette an. Er wirkt beinahe befangen, obwohl er versucht überlegen zu grinsen. Er stößt den Rauch aus. Er gibt vor, die Polizei, die sich entfernt, bei der Räumung des Platzes zu beobachten. Er steckt eine Hand in die Hosentasche und zottelt sie wieder heraus.

Stefan sieht Gila fragend an.

»Ziehn wir ihn ab?«

Gila strafft sich, nickt und gibt ihm einen Kuss auf die Wange.

Martin ist derart perplex, dass er den Atem anhält und sich nicht bewegen kann. Er steht aufrecht am Reifen des Muldenkippers und hat den Eindruck, er wäre nicht nur unsichtbar, sondern ganz und gar überflüssig.

Gila gibt Stefan ein weiteres Zeichen. Dann schlendert sie zu dem Mann hinüber, der seine Zigarette austritt und sich den Schweiß verstohlen von der Stirn wischt.

»Hallo, Koschnick«, sagt Gila, »deine Idee, die Bullen?«

Sie lächelt.

Auch Koschnick probiert zu lächeln. Gila aber strahlt ihn an.

Was soll das denn werden?, denkt Martin.

Koschnick sagt: »Nee, die kamen von selber.«

»Und jetzt?«, fragt Gila und schaut dem Wachmann kokett ins Gesicht, während sie sich vor ihm aufbaut.

»Ja? Nun ja . . .«, murmelt Koschnick, als könne er noch nicht glauben, dass Gila ihn anspricht, ihn unausgesprochen auffordert mit ihr zu kommen, ihn lockt.

Er schaut sie mit einem Ausdruck in den Augen an, als wäre nicht wahr, was ihm gerade passieren würde.

»Ich würde natürlich gerne . . .«, sagt er, »ich hätte nämlich . . . Zeit.«

Gila hakt sich bei Koschnick unter.

»Dann lassen Sie uns gehn«, sagt sie, »oder?«

Ungelenk überlässt ihr der Wachmann seinen Arm.

Gemeinsam mit Koschnick staksel Gila zwischen Sand und Mauerresten auf einen Rohbau des Bürokomplexes zu. Während sie sich entfernt, hört Martin sie zu ihrem Begleiter sagen: »Sie erinnern mich an einen Onkel von mir. Guter Sportler, Turmspringer. Aber schon seit einer . . . ganzen Weile tot.«

Koschnick bewegt die Lippen, als würde er erwidern, wie Leid ihm das täte. Dabei legt er Gila einen Arm um die Schulter.

Martin spürt seine Knie weich werden, er zittert

am ganzen Körper. Weiß wie eine Wand lehnt er am Rad des Kippers. Das Bild, Gila und Koschnick, erinnert ihn an Fränkie, wie er im Park mit dem Freier davongegangen ist.

23

Stefan steht vor der Tür des noch nicht verglasten Rohbaus und horcht ins Innere des Gebäudes.

Martin hat einige Momente gebraucht, um sich zu fassen. Jetzt stürzt er hinter dem riesigen Rad des Muldenkippers hervor und kann sich in seiner Wut kaum bremsen, als er Stefan, der ihm den Rücken zukehrt, rüde anblafft: »Hi!«

Stefan fährt zusammen, dreht sich um und weicht zurück. Unwillkürlich hat er die Hände vors Gesicht gehoben und, wie eben noch die Punks in der Grünanlage, den Kopf zwischen die Schultern geduckt, als solle der Kopf ohne Hals mit dem Körper verwachsen.

»Bist du ihr Freund?«, fragt Martin, mühsam seinen Zorn beherrschend. Es kommt ihm vor, als blecke er die Zähne.

»Verpiss dich!«, sagt Stefan und wedelt mit einer Hand. »Mach dich vom Acker!« Spucketröpfchen treffen Martin im Gesicht.

Einen Moment lang ist er verblüfft, dann setzt er nach. »Oder bist du ihr Zuhälter?«

Er packt Stefan am Sweatshirt, auf dem *ACTION IS THE KEY* steht.

»Lude«, sagt Martin. Der Ausdruck erscheint

ihm ordinärer als jedes andere denkbare Schimpf-wort.

Vor Verachtung spannt er die Lippen derart über die Vorderzähne, dass er versehentlich darauf beißt. Das Blut schmeckt wie bitteres Eisen. Der Geschmack erfüllt ihn mit einer seltsamen Befriedigung.

»Sag was!«, fordert Martin und stößt Stefan beide Fäuste, blind vor Wut, vor die Brust.

Ansatzlos weicht Stefan, der sich wieder gefangen hat, aus und hält, ohne dass Martin wüsste, woher er die Waffe genommen hat, ein Springmesser in der Hand.

Martin, dem gleichgültig ist, was mit ihm geschieht und ob ihm jemand auf einer Baustelle in Berlin ein Messer in den Bauch stechen könnte, treibt Stefan mit schlenkernden Schlägen von der Türöffnung weg.

Mit einem Klick springt die Klinge aus dem Griff der Waffe.

»Trottel«, murmelt Stefan. »Wer bist du überhaupt?«

Ehe Martin antworten kann, hören er und Stefan, wie Gila im ersten Stock des Rohbaus brüllt: »Verfatz dich, du Wichser!«

Sie hören, wie Koschnick erwidert: »Das wird dir noch Leid tun, du Göre! Das wird dir noch so was von Leid tun . . .!«

Dann hört man ein Klatschen.

Martin und Stefan stehen wie erstarrt.

»Klasse gemacht, du dumpfes Tier!« Stefan rempelt Martin unerwartet an, schiebt ihn beiseite und stürzt vor in den Rohbau.

Martin folgt ihm. Gila brüllt und scheint sich zu wehren. Nachdem Stefan und Martin, einer gehetzt wie der andere, die Treppe ohne Geländer hochgestürmt sind und den Raum im ersten Stock des Rohbaus betreten haben, sehen sie, dass Koschnick seine Uniformjacke im Zementstaub ausgebreitet hat. Er hat den Gürtel seiner Hose geöffnet. Darunter sieht man Boxershorts mit einem Donald-Duck-Muster. Gilas Klappmesser liegt in einer Ecke. Ihr T-Shirt ist zerfetzt und weht ihr wie ein Umhang vom Hals.

Als Stefan, sein Springmesser ist ihm in der Hast in den Treppenschacht gefallen, den unverputzten Raum betritt, schlägt Koschnick Gila die Faust ins Gesicht.

Stefan verharrt in der Tür ohne Rahmen. Martin weicht ins Treppenhaus zurück. Koschnick lässt von Gila ab. Von ihrer Oberlippe tropft Blut. Im Raum, der nur ein Fenster hat, herrscht ein mattes Dämmerlicht. Ein Teil der Fensterhöhlung ist mit einer Plastikplane verhängt.

Gila murmelt: »Wurde auch Zeit«, und hält sich die Wange. Sie taumelt einen Schritt zurück und lehnt sich auf den Fenstersims. Stefan bückt sich und hebt eine Eisenstange auf. Koschnick zieht seinen Gummiknüppel. Sie stehen einander gegenüber. Die Plastikplane vor dem Fenster bewegt sich im Wind und erzeugt ein leise knisterndes Geräusch. Martin, der durch den Flur des Rohbaus rasch an dem Raum vorbeiläuft, hört Koschnick hinter der Rigipswand mehrmals sagen: »Das traust du dich nicht. Das traust du dich ganz bestimmt nicht.«

Als Martin durch einige Zimmer gelaufen ist, eine zweite Tür des unverputzten Raumes erreicht und ein Lattengestell geräuschlos zur Seite geschoben hat, sieht er, wie Gila sich an Koschnicks Arm mit dem Gummiknüppel klammert und wie Stefan, beinahe zeitgleich, mit der Eisenstange zuschlägt.

Koschnick gelingt es, den Schlag zu unterlaufen, und Gila, die ihm in die Hand gebissen hat, abzuschütteln und in eine Ecke zu schubsen. Er brüllt. Sein Gummiknüppel rutscht ihm aus der Hand und fällt auf den Boden.

Stefan streift Koschnick mit der Stange an der Schulter. Die Wucht des Schlages reißt ihn vorwärts. Der Schwung lässt ihn samt der Eisenstange an einen gekachelten Vorsprung prallen, aus dem Armaturen ragen. Pling! macht die Eisenstange und zerteilt eine Fliese. Die Plastikplane bewegt sich vor dem Fenster wie ein wachsam wartender Geist.

Ein Badezimmer, denkt Martin, der sich hinter einen Pfosten der zweiten Tür duckt, das wird mal ein Badezimmer. Er verschmilzt mit dem Schatten und wünscht sich, er wäre zu Hause. Stefan schafft es mit Mühe, zurück auf die Knie zu kommen. Er betrachtet die Eisenstange, als wiege sie schwer wie die Welt.

Koschnick starrt das Blut auf seiner Hand sowie die tiefen Abdrücke der Eck- und Schneidezähne an. Er schleudert Gila mit einem Tritt quer durch den Raum. Der Rohbau hallt. Gila sinkt in einer Nische zusammen, in der sie, gekrümmt zwischen Fliesenresten, an der Wand liegen bleibt.

»Du Arschloch«, flüstert Stefan. Aber ihm fehlt die Kraft, sich Koschnick entgegenzustellen.

Vielleicht ist es das Blut, das Gila in kleinen Tröpfchen aus der Oberlippe quillt. Vielleicht ist es die Art, wie sie, halb aufgerichtet, an der unverputzten Wand lehnt, sich den Bauch hält und versucht wieder zu Atem zu kommen. Vielleicht ist es der Schritt, den Koschnick, wenig entschlossen, auf Gila zu macht, um sie noch einmal zu treten. Vielleicht ist es die Anspannung all der Tage, die sich in Martin entlädt. Sein Blick verschleiert sich.

Noch hat Koschnick ihn nicht gesehen, ihm nicht ins Gesicht schauen können. Er, Martin, ist das Unbekannte, das über den Wachschutzangestellten hereinbricht wie ein Fluch.

Martin gleitet in den Raum, als wäre er eins mit dem Dämmerlicht geworden. Lautlos nähert er sich dem Wachmann.

Er bückt sich, nimmt den Gummiknüppel, der innen einen Eisenkern hat, und schlägt dem Wachmann den eigenen Knüppel mit aller Kraft in die Nieren.

Koschnick sinkt ohne etwas zu sagen nach vorn auf Knie und Hände.

Martin schlägt den Knüppel auf den Rücken des Mannes, auf dessen Schultern. Er schont nur den Kopf.

Alles legt er in die Schläge: seine Angst im Wald und auf dem Friedhof, Gila nie mehr wiederzusehen, seine Freude, sie doch noch auf dem Rastplatz einzuholen, seine Enttäuschung und seine Trauer, nachdem sie ihn bestohlen hat, seine Entscheidung, sie in Berlin zu suchen, seinen Mut, den es ihn gekostet hat, seine Entschlossenheit, sie trotz aller Widrigkeiten zu finden, seine Beklommenheit, als Fränkie weggegangen ist, seine Überraschung, als er Gila nachts beim Autoknacken getroffen hat, seine Wut über Stefan, den Ärger und die Eifersucht, sein schlechtes Gewissen, weil Fränkie mit einem Mann mitgehen musste, seinen Zorn auf Gilas Freier, der mit dem Gesicht im Staub liegt und nichts mehr sagen kann.

Die regelmäßige Bewegung, mit der Martin auf den Liegenden eindrischt, tut ihm wohl, beruhigt ihn. Die Welt ist Wut und weißer Staub und ein Haufen stumpfes Fleisch in verdreckter Kleidung.

In das Bündel, das kein Mann oder Mensch mehr ist, könnte Martin ebenso gut hineintreten. Oder er könnte Gilas Klappmesser vom Betonboden klauben und in den unförmigen Sack dort vor ihm hineinstechen, einmal, zweimal, immer wieder. Er legt den Knüppel beiseite, kniet sich neben dem reglosen Wachmann in den Abrieb des Zements und trommelt ihm wie ein Kind mit den Fäusten auf den Rücken. Martin weint ohne zu schluchzen. Gila schaut ihm mit aufgerissenen Augen aus ihrer Ecke her zu.

Auch sie weint, es gelingt ihr nicht, die Tränen zurückzuhalten.

Sie kann nicht glauben, was sie sieht: dass Martin ihr gefolgt ist und sie beschützen möchte. Unwillig wischt sie sich mit dem Handrücken über ihr geschwollenes Gesicht und verschmiert Tränen und Blut über Kinn und Wangen.

Martin schlägt weiter und weiter, obwohl er kaum noch Kraft hat. Bis es Stefan schafft, sich zu erheben, Martin von Koschnick fortzuzerren und leise zu sagen: »Wir sollten uns ... alle drei verpissen.«

Er zieht Martin hinaus ins Treppenhaus und die Stufen ohne Geländer hinunter, während Koschnick ächzt. Es klingt, als trüge er in einem Traum eine ungeheure Last.

Bevor Gila den Raum verlässt, bückt sie sich zu ihm herab und horcht auf Koschnicks leise rasselnden Atem, der ihr warm und regelmäßig über Ohr und Wange streicht, steckt ihr Klappmesser in die Jeans und nimmt das Portemonnaie des Wachmanns aus der dunklen Uniformjacke, die, weißgrau gepudert, auf dem kahlen Zementboden liegt wie die Haut eines Tiers.

24

»Nicht zu fassen«, flüstert Gila ohne Martin direkt anzusprechen, »der talentierte Turmspringer . . . Einfach nicht zu fassen.«

Martin hört das Flüstern ohne den Sinn der Worte zu verstehen.

Weder könnte er beschreiben, wie er aus dem Rohbau ins Freie gelangt ist, noch, was Gila und Stefan zu ihm gesagt oder mit ihm gemacht, wie sie ihn abgehalten haben, weiter auf den Wachmann einzuschlagen. Willenlos lässt er sich von ihnen in die Mitte nehmen, starrt so lange in die Sonne, bis seine Augen erneut tränen, und folgt Gila in das Abbruchhaus, in dem sie am Vortag gefrühstückt hat.

Auf dem Vorplatz stehen weitere Bauwagen zum Abtransport bereit, die Wagenburg wird nicht mehr lange Bestand haben. Die Baustelle scheint auf sie zuzurücken, schon zielen die Schaufeln der Abrissbagger auf das fast leere Haus am Rand des zu bebauenden Geländes.

Gila betritt den Hausflur. Martin folgt ihr.

Sie steigt die Stufen bis zum ersten Treppenabsatz hinauf. Das Treppenhaus riecht nach Feuchtigkeit. Dem Geländer fehlen Baluster. Martin folgt ihr.

Gila und Stefan betreten das kleine Zimmer neben der Küche, in der der Kühlschrank mit Gilas Geschirr und ihrem Essen steht. Sobald Martin seine Augen schließt, besteht jedes Bild hinter den Lidern aus einem Wachmann, der reglos am Boden liegt, und einem Jungen, der besinnungslos auf ihn einschlägt.

Wäre Martin weniger erschöpft, würde er vielleicht denken: Wie konnte ich mich derart gehen lassen? Wäre er innerlich weniger erstarrt, würde er sich vielleicht dennoch freuen Gila gefunden zu haben und sich mit schlechtem Gewissen sagen: Ich hab's für sie getan.

Doch er empfindet nichts. Er setzt einen Fuß vor den anderen, steigt Stufen hoch, durchquert verschiedene Räume, lässt sich von Stefan in ein Zimmer geleiten, folgt dessen sanftem Druck und setzt sich auf einen Stapel Kissen vor einer niedrigen Tischplatte.

Martin nimmt weder die übrigen Möbel, die Teppiche und Matratzenteile noch die fehlende Tapete, die roh belassenen Wände wahr, schon gar nicht den Spruch in seinem Rücken, der quer über die Brandmauer gesprüht ist: *KENNER VÖGELN NACHMITTAGS – ACTION IS THE KEY*. Er ist wie betäubt. Es ist, als hätte jemand sein Inneres vereist.

Lautlos bewegt Martin die Lippen, als suche er nach einem Wort, das ihm auf der Zunge liegt.

Dann schüttelt er stumpf den Kopf. Stefan und Gila sehen sich an. Gila zuckt die Schultern.

Noch immer ist sie überrascht, dass Martin sich für sie eingesetzt hat und vor allem, mit welcher Unbedingtheit, und Rohheit, er's getan hat. Obwohl sie ihm so etwas niemals zugetraut hätte, würde sie nicht zugeben, wie sehr es sie bewegt. Dennoch: Wäre er aufmerksamer, könnte er in ihren Augen eine besondere Wärme sehen. Rührung vielleicht. Der talentierte Turmspringer. Sie lächelt.

Da Martin sich konzentrieren muss, um nicht über die Tischplatte zu stolpern oder eines der Beine aus Ziegelsteinen einzureißen, merkt er nichts. Er gibt sich steif in die Hände von Stefan. Als er sich gesetzt hat, stiert er nur noch vor sich hin.

Wieder sehen Gila und Stefan einander unbehaglich an.

»Wer ist das überhaupt?«, wispert Stefan.

Gila macht eine Handbewegung, als wolle sie sagen: Später . . . ich erklär's dir später.

Stefan zuckt die Achseln. Dann holt er einen kleinen Schlüssel aus der Tasche. Gila sieht es und nickt.

Stefan öffnet das Schloss des Kühlschranks. Er holt einen Teller, eine Tasse und etwas Essbares daraus hervor und lässt das Schloss neben dem Riegel einschnappen. Gila hilft ihm den Tisch zu decken.

Als sie sich bückt, um noch eine Gabel samt Serviette auf die Holzplatte zu legen, spricht Martin sie an ohne den Kopf zu heben.

»Wo ist mein Geld?«, fragt er.

Gila schaut zu Stefan. Stefan hebt abwehrend die Hände. Beide schweigen, Gila mit geschwollenem Gesicht und geplatzter Oberlippe, Stefan mit aufgeschürften Handflächen, blutigen Knien und seinem Sweat-Shirt: *ACTION IS THE KEY.*

»Wo ist mein Geld?«, fragt Martin erneut.

Es interessiert ihn nicht mehr, wer Stefan ist und ob er Gilas Freund sein könnte. Ob Stefan weiß, von wem das Geld war und dass Gila mit Martin schlafen wollte, um ihn zu bestehlen. All das ist ihm gleichgültig. Er will sein Geld und gehen. Die Reise ist für ihn zu Ende. Hätte er Gila nie wieder getroffen! Es ist, denkt Martin, vorbei. Es soll endlich vorbei sein! In diesem Moment wünscht er sich sein Bett, Ruhe und Schlaf.

»Was meinst . . .?« Stefan hat sich aufgerichtet. Gilas Mund ist schmal geworden.

»Ich meine mein Geld«, sagt Martin.

Stefan nickt. Er murmelt: »Dein Geld«, als würde er erst jetzt begreifen, woher Gilas plötzlicher Reichtum rührt. Er wiegt seinen Kopf, als müsse er angestrengt nachdenken.

»Geld!«, wiederholt Martin. Er blickt zu Stefan hoch.

Hilflos schaut der zu Gila hinüber. Gila weicht einen Schritt zurück, als wolle sie das Zimmer verlassen.

»Is . . .«, sagt sie und macht einen Pause. »Is, weißte, is . . .« Vor Aufregung beginnt sie zu berlinern.

Dann geht ein Ruck durch ihren Körper. Mühsam nimmt sie sich zusammen. Sie fixiert Martin und sagt: »Haben wir ausgegeben. Den Rest hat uns irgendein Arschloch in dieser Ruine hier geklaut.«

»Ausgegeben?«

Martin erhebt sich.

»Fast tausendneunhundert Mark an zwei Tagen? Für Pelzmäntel? Im Sommer? Schmuck? Für 'n Auto?«

Seine Stimme klingt schrill und so, als würde sie sich im nächsten Augenblick überschlagen. Als Martin die Summe nennt, schaut Gila betreten zu Boden und Stefan zuckt zusammen.

»Geklaut«, sagt Stefan müde. »Sie hat geklaut gesagt, du Idiot!«

Hätte Martin aufmerksamer zugehört, hätte er den leisen Hauch der Enttäuschung in Stefans Stimme bemerkt, als Martin die genaue Summe erwähnt hat. Aber auch das würde Martin nicht mehr interessieren.

»Ha – !« Er lacht. Ein ungutes Lachen, das sich im Nacken festsetzt und einem tagelang folgt.

Gila und Stefan wechseln erschrockene Blicke.

»Das glaubt euch kein Schwein!«, sagt Martin.

Gila schiebt beklommen eines der Sitzkissen mit den Füßen hin und her. Stefan schließt das Schloss des Kühlschranks, so dass der Riegel nicht mehr geöffnet werden kann.

»Macht ihr das oft?«, fragt Martin.

»Wie?« Stefan prüft penibel Riegel, Tür und Schloss.

»Das mit dem Wachmann, meine ich.«

Während Martin die Kerben und Risse der Tischplatte mit den Fingern abfährt, tritt Gila auf ihn zu und hockt sich vor ihm auf die Erde, so dicht es die klobige Platte zulässt.

»Ja«, sagt sie kalt und ungehalten, »machen wir oft, Herr Waltermann! Sooft sich die Gelegenheit bei so einem geilen Bock ergibt.«

Ehe Martin etwas erwidern kann, verlässt Gila das Zimmer.

Er hört das Geräusch einer Klotür und, statt einer Spülung, das Plätschern von nachgegossenem Wasser. Schritte. Dann ist es still. Gila kommt nicht wieder. Martin und Stefan schweigen sich an.

Sie warten. Sie suchen nach Worten. Stumm verflucht Stefan die Situation.

»Woher kennst du Gila eigentlich?«, fragt er, bloß um etwas zu sagen. Martin sieht ihn nachdenklich an ohne auf die Frage einzugehen.

Er überlegt, wie Gila einen wie Stefan – schmächtig, nervös, mit schlechten Zähnen – überhaupt mögen kann. Und ob sie ihn vielleicht auch nur benutzt, um Männer, die sie scharf macht, anschließend auszunehmen?

»Und jedes Mal«, fragt Martin unvermittelt, »kriegt derjenige eins aufs Hirn?«

Die Empörung lässt seine Stimme heiser klingen. Die Kehle ist trocken wie Schmirgelpapier. Er starrt Stefan an, der sich verlegen abwendet.

»War eben 'ne Gelegenheit. Wär ja auch locker abgegang'n, wenn du mich nich plötzlich festgehalten hättest . . . 'ne günstige Gelegenheit, nich wahr?«

Martin verschlägt es die Sprache.

Stefan fügt, indem er das Wort englisch ausspricht, hinzu: »Chance.«

»Klar doch«, sagt Martin abwesend: »War 'ne Gelegenheit.«

Er denkt an Irland, an seine Freunde, an die früheren Wettkämpfe mit Gila, als sie beide noch Kinder waren. Er überlegt, wie fern der Ort, in dem sie aufgewachsen sind, dem Abbruchhaus, dem Zimmer, den Sperrmüllmöbeln und der Wagenburg ist, wie fern die eine Welt der anderen, wie wenig sein Vater und seine Mutter von Gilas Welt wissen und wie eigenartig es ist, hier zu sitzen, obwohl er gerade einen Mann, der ihm völlig fremd war, zusammengeschlagen hat.

Ungläubig schüttelt Martin den Kopf, als könne unmöglich geschehen sein, was soeben passiert ist.

»Chance«, wiederholt er, »Gelegenheit. Aber ihr hattet doch . . . mein gesamtes Geld?«

»Zu wenich«, murmelt Stefan matt, dem Martin inzwischen ein bisschen Leid tut. Vielleicht, denkt Stefan, war's nicht korrekt von Gila, das Landei so zu beklauen. Typisch, dass sie die Summe mir gegenüber satt abgerundet hat . . .

»Zu wenich«, wiederholt er in Gedanken.

»Was?«

»Ja, weißt du, wir woll'n eig'ntlich weg. Weit weg. Eig'ntlich. Verstehst du?«

Er spricht schnell und räuspert sich, als habe er einen Brotkrümel veschluckt.

»Meer«, sagt Martin leise.

»Ja«, erwidert Stefan verblüfft. »Karibik. Oder Pazifik.«

»Acapulco . . .«, sagt Martin noch leiser.

»Ja«, stößt Stefan erstaunt hervor, »vielleicht.« Und erschöpft fügt er hinzu: »Sun. Fun. Und so weiter . . .«

Wäre Martin weniger abgelenkt, würde er bemerken, wie wenig überzeugt Stefan von Gilas Plänen noch zu sein scheint. So nickt er nur und hält den Kopf gesenkt. Tonlos wiederholt er: »Karibik. Oder Pazifik.« Der Gedanke füllt seinen Kopf. Sein Schädel ist ein Ballon, der ihm vorkommt, als würde er gleich platzen: Gila wird weggehen, ganz – mit Hilfe seines Geldes –, und er, Martin, kam nie in ihren Plänen vor.

Alles ist vorbei, denkt Martin, alles war vergeblich.

Stoisch wiederholt er: »Sun. Fun. Keine Kanten . . .«

Stefan rückt erschrocken ein Stück von Martin ab.

Er fährt sich über die Augen, als wolle er Gespenster verjagen, und mustert Martin misstrauisch. Woher weiß dieser Bauer von seinem und Gilas Vorhaben? Was is mit dem los? Woher kennen die sich überhaupt? Und warum hockt er da wie ein Häufchen Elend?

Als Stefan Martins Schweigen, dessen stures Vor-sich-hin-Starren, nicht mehr erträgt, fragt er stockend: »He! Bist du in sie . . . ich meine, verkna-, ver- . . . liebt, ich meine . . .?«

Martin, der wieder ganz bei sich ist, antwortet ihm nicht. Er kauert zusammengekrümmt in der Ecke, knabbert an seinen Fingernägeln, spuckt, was er abgebissen hat, in seine Handfläche und betrachtet das Ergebnis, als hätte er nie vorher ein Stück Fingernagel gesehen.

Stefan wird zunehmend unruhiger. Er wünscht, Gila käme endlich zurück. Mit Martin hat er Mitleid. Fast ist Stefan versucht ihn zu trösten. Andererseits sagt er sich: Was will der? Hätte sich gleich verpissen sollen. Is doch genauso wie alle andern: Sieht Gila – und will mit ihr ins Bett. Selber schuld. Eben ein Hühnchen. Frisch vom Land. Und Hühnchen nimmt man eben aus. Aber es gelingt ihm nicht, Martin zu verachten. Zu verloren sitzt der da, hockt in seiner Ecke und stiert die Wand an.

Eigentlich müsste Stefan froh sein, oder wenigstens erleichtert, müsste denken: So ein Häufchen Nichts, das noch nach Kuhstall riecht, stellt wirklich keine Gefahr dar.

Stattdessen denkt er: Bei Koschnick, da hat Gilas seltsamer Verehrer plötzlich verblüffend zugelangt. Wär vielleicht anders ausgegangen, wenn nicht ...

Stefan lässt den Gedanken unabgeschlossen verklingen, wie er es oft tut. Nur nicht das Schlechte zu nah kommen lassen. Besser wegsehen. Besser wegdrehen. Kommt wieder 'ne Gelegenheit, wo alles Sonne ist und Sahne und wo das Leben leicht wird wie ein Luftschiff.

Könnte jetzt auch einfach aufstehen, denkt Stefan, und dieses klägliche Kerlchen verlassen. Stattdessen beginnt er behutsam auf ihn einzureden. Ich hätte Pope werden soll'n. Oder so 'ne Art Guru.

»Weißt du«, sagt er, »was ihr Name bedeutet?«

Martin zeigt keine Reaktion.

»Kannst du nicht wissen«, fährt Stefan fort. »Gila, weißt du, was das ist? Das ist eine Kröte. Oder eine Eidechse. Hab ich vergessen. Ist giftig. Die Eidechse. Oder die Kröte. Wartet. Wenn ein Feind sie berührt, lähmt sie ihn mit ihrem Gift ... Kommt keiner gegen an, verstehst du? Auch du nich. Keiner. Sie lebt in Mexiko, verstehst du? Fast am Meer.« Er wispert: »Acapulco . . .«

Wie von der Tarantel gestochen zuckt Martin in seiner Ecke zusammen. Sieht Stefan an. Fixiert ihn böse.

Stefan, der Martins Wut nicht bemerkt – oder nicht bemerken will –, der heimlich über Martin lächelt, hat sich von seiner Erzählung mitreißen lassen. Guru, denkt er, das wär's.

Er lauscht den eigenen Worten nach, als könnte er einen verborgenen Sinn in seinen Sätzen entdecken.

»Aber mir hat sie geholfen«, sagt er, »die Gila. Hat mir gezeigt, wie ein Tag funktioniert. Muss man sich mal vorstellen. Hatte ich vergessen . . .«

Er lacht. Das Lachen klingt unangenehm.

»Sie auch. Sie hatte es damals auch vergessen. Damals. Manchmal. Nur manchmal . . .«

Wieder lacht er, ehe er fortfährt: »Wir ham's uns gegenseitig gezeigt. Streng war sie, meine Güte . . . Aufstehn. Der Wecker klingelt, du stehst auf. Machst du, obwohl du weiterschlafen möchtest. Kein Bier. Kein Wein. Kein Cognac. Zähneputzen. Händewaschen. Wiegen. Wiegen ist wichtig. Gymnastik. Widerwärtig. Bei offenem Fenster. Duschen. Frühstück. Falsch. Erst anziehen. Was Richtiges anziehen, heißt: Was anziehen, worin man frühstücken kann, aber worin man nicht geschlafen hat. Frühstück: Kein Bier. Kein Wein. Kein Cognac. Nich mal Apfelkorn! Unglaublich! Zeitung holen. Zeitung lesen. Ich und 'ne Zeitung! Unglaublich! Fit machen. Sozialamt. Oder was klauen. Kein Bier. Kein Wein. Kein Apfelkorn, na ja . . . Jetzt brauchen wir die Regeln nich mehr. Wenn ich's mir recht überlege: Sie hat sie eig'ntlich nie gebraucht. Na ja, sie hat sich auch nich dran gehalten! Nicht immer. Mit mir war die streng. Boah, war sie streng! Ich musste mich dran halten. Wollte mich ja auch dran halten. Ohne sie hätt ich's bestimmt nie geschafft . . . Aber sie? Braucht nichts und niemanden. Gila. Gift. Niemand. Obwohl sie Angst hat, alleine zu sein. Obwohl sie immer alleine war. Immer allein sein wir – . . .«

Erst hier unterbricht Martin Stefans Litanei.

»Erzähl nicht so eine Scheiße! So 'ne Scheiße erzählst du! Du . . . Du bist doch ihr – Stecher!« Es bricht aus ihm heraus.

Dann betritt Gila den Raum.

Sie hat sich gewaschen, hat die Spuren des Kampfes beinahe beseitigt. Die Augen sind rot. Ihre Wangen ebenfalls. Die Lider hat sie mit Kajal frisch nachgezogen.

Gila geht aufrecht. Sie schaut Stefan an. Danach mustert sie Martin.

»Fertig gegessen?«

Brüsk bückt sie sich nach dem Geschirr und will es in den Kühlschrank stellen. Wieder rutscht Stefan unruhig auf seinem Platz hin und her.

Martin hält Gilas Hand samt Tasse und Teller fest.

Dann wischt er den Teller mit einer abrupten Bewegung vom Tisch.

Gila will sich hinhocken, um die Scherben aufzukehren, aber Martin hindert sie daran. Gila hält inne, sagt aber nichts.

»Mein Bruder«, murmelt Martin nachdenklich, »hat dir nie getraut . . .«

»Ah ja.«

Gila blickt ihm fest in die Augen. »Dein Bruder ist ein Blödmann.«

Martin holt Luft. Indem er sie ausstößt, beginnt er zu brüllen, wie er nie vorher gebrüllt hat.

»Eidechse! Kröte! Männer mit einem Eisenrohr auf die Hirnschale hauen! Knack! Geil! Sooft sich die Gelegenheit bietet! Geil! Und mir erzählen, mein Geld . . . ausgegeben, zum . . . zweiten Mal geklaut? So was von schofel! So was von . . . schofel! Willst du mich wieder verarschen? Wie im Zug?«

Gila schaut ihn an, als wäre er nicht mehr der, den sie kennt.

Martin redet und redet. Er redet und schreit, wie er noch nie geredet und geschrien hat. Steigert sich derart in Rage, dass ihm alles egal ist: Ob er sein Geld zurückbekommen wird. Ob er Gila je wiedersehen wird. Ob ihn Stefan und andere anschließend verprügeln werden. Egal.

»Denkst du: das Landei?«

Martins Stimme schnappt endgültig über, klingt, als wäre er wieder im Stimmbruch.

»Die Pomeranze? So ein' ka' man abziehn, klar? So ein' ka' man . . . ka' man . . . ficken, klar? Bist du noch bei Trost? Beklauen, logo? Abzocken, logo? Ausnehmen, aber klaro, immer! Is ja nich mein Geld! Is ja das Geld von mei'm Alten! Geld von mei'm Paps! Einmal geklaut, zweimal geklaut, ha! Bonzenschwein, logo!«

Gila und Stefan mustern sich fragend. Wovon spricht der? Martin ist aufgesprungen, Spuckebläschen im Mundwinkel. Gleich, denkt Gila, reißt er sich in der Mitte entzwei. Martin ballt die Fäuste. Ohnmächtig stampft er auf.

»Aber mir dann erzählen . . . mir dann erzählen, dass . . . alles ausgegeben ist? Wer bin ich denn? . . . Du bist . . . wirklich das Letzte! Du lügst. Du hast immer gelogen. Du wolltest nur mit mir vögeln, um an mein Geld zu kommen. Und er?«

Martin deutet auf Stefan, der nicht weiß, wo er hinschauen soll. Doch bevor Martin seinen Redeschwall fortsetzen oder das Zimmer verlassen kann, klopft es an der Tür. Vielleicht hat es schon mehrfach geklopft, aber niemand hat das Klopfen bisher wahrgenommen. Vorsichtig öffnet ein junger Mann die Zimmertür. Seine Kleidung passt eher zur Wohnung Helen Boosekamps als zu Stefans grünen und roten Strähnen.

»Hi?«, sagt der junge Mann.

Das Fragezeichen füllt den Raum. Dann beugt er sich zu Stefan hinunter und küsst ihn beiläufig auf den Mund, während Martin glotzt und Gila lächelt.

Der Kuss, teils zärtlich, teils routiniert, wie bei einer Begrüßung üblich, lässt Martin den Mund aufsperren. Die Lippen bilden ein Oval um ein nicht ausgesprochenes »Oh!«. Martin denkt an Fränkie, den Mann mit den geschorenen Haaren, das öffentliche Klo. Das hier ist was anderes, denkt er. Aber es gelingt ihm nicht, den offenen Mund zu schließen.

»Kann ich helfen?«, fragt der junge Mann.

Martin senkt beschämt den Kopf. Niemand im Zimmer reagiert. Der junge Mann zieht Stefan von seinem Platz hoch und umarmt ihn.

»Komm«, sagt er, »is sowieso schon spät genuch. Das Kino . . .«

»Was seht ihr?«, erkundigt sich Gila.

»*STIRB LANGSAM*«, sagt der Mann, »Dreifachprogramm – 23 Uhr!«

»Viel Spaß«, wünscht ihnen Gila.

Stefan nickt. Erleichtert verlässt er das Zimmer. Der junge Mann folgt ihm und schließt leise die Tür.

Martin weiß nichts mehr zu sagen. Er hält den Kopf in den Händen und verbirgt sein Gesicht.

Gila zögert. Dann setzt sie sich neben ihn.

Sie schweigen. Sie warten. Keiner bewegt sich.

Schließlich nimmt Gila Martins Hand. Sacht streichelt sie seine Finger. Martin lässt es geschehen.

Er zuckt mit den Schultern. Er schüttelt den Kopf. Er betrachtet den Raum, den Tisch, das Fenster. Er denkt an sein Reden, den Wachmann, an Stefan. Er fühlt die Berührung, spürt Gila neben sich. Er schließt die Augen und legt seine Wange auf ihren Arm. Sie hält seinen Kopf. Sie streicht ihm über die Haare.

Nach einer Weile steht sie auf. Als Martin erschrocken die Augen aufschlägt, sagt Gila: »Ich komm gleich wieder«, und verlässt das Zimmer.

Martin blickt ihr nach.

25

Als Gila in den Raum zurückkommt, ist Martin eingeschlafen. Auf dem Tisch liegt das Autoradio aus dem Campingbeutel, den Gila vor dem Haus ihrer Schwester liegen gelassen hat.

Erst guckt Gila ungläubig, dann lächelt sie leise. Der talentierte Turmspringer hat weitere Talente.

Sie setzt sich neben Martin auf die Matratzenteile, auf denen er liegt und regelmäßig atmet. Obwohl Gila ihn zudeckt, wird Martin nicht wach.

Auch als sie ihm erneut sanft über den Rücken streicht, schläft er weiter, tief und fest, als hätte ihn die Anspannung, die Anstrengung der letzten Tage schlagartig übermannt.

Gila grinst vor sich hin und breitet, nachdem sie Martins Rucksack eher aus Langeweile durchsucht hat, die klammen Kleidungsstücke auf dem Boden aus. In dem noch feuchten Durcheinander findet sie Martins Pass.

Sie liest: Matthias Waltermann. Wow! Sie steckt den Pass zurück in den Rucksack und springt, nach einem Blick auf Martins Armbanduhr, hastig auf.

»Weia!«, sagt Gila. Niemand hört es.

Vorsichtig und ohne Martin aus den Augen zu lassen lockert Gila eine Bodendiele, hebt sie geräuschlos an, holt den gestohlenen Brustbeutel darunter hervor und verstaut ihn mit dem Portemonnaie des Wachmanns in ihren Taschen.

Sie verklemmt das Bodenbrett zwischen den übrigen Dielen, will das Zimmer eilig verlassen und kehrt in der Tür noch einmal um. Rasch schreibt sie Martin einen Zettel und legt ihn so auf die Tischplatte, dass er die Nachricht, wenn er aufwacht, unmöglich übersehen kann.

Auf den Zettel stellt sie die Ninja-Turtle-Figur aus dem Überraschungsei.

Gila streicht Martin das Haar aus der Stirn und verlässt den Raum.

Auf der Straße beginnt sie zu rennen. Atemlos erreicht sie die U-Bahn.

Sie drückt die Türen auf, kaum dass der Zug im Bahnhof hält, hetzt die Treppen hoch, jagt zwischen fahrenden Autos hindurch über die vierspurige Straße, steht vor dem Reisebüro, als der Mann, mit dem sie sich gestern erst gestritten hat, den Rollladen herunterlässt und die Glastür abschließt.

Gila klatscht mit den Handflächen gegen die Scheibe. Ungerührt dreht der Mann den Schlüssel im Schloss und blockiert die Stahlrolllade mit einem weiteren Riegel.

Gila trommelt gegen das Gitter. Ohne ihr Beachtung zu schenken geht der Angestellte zu seiner Kasse, um das Geld herauszunehmen und die Kasse ebenfalls abzuschließen. Dabei lockert er den Knoten seiner Krawatte und den Kragen seines Hemdes.

Gila trommelt heftiger. Der Mann hebt den Kopf und lächelt. Im Schaufenster hängt ein Plakat: das Meer, der Sand, ein sonniger Himmel. Gila bückt sich und hebt einen Stein auf, der vor einem Kellerfenster liegt.

Der Angestellte beobachtet sie. Sein Gesicht ist das eines Fisches in einem Aquarium. Bruchteile von Sekunden blickt Gila dem Mann in die Augen. Dann legt sie den Pflasterstein auf den Boden zurück.

Der Angestellte im Reisebüro nickt und widmet sich, verdeckt vom sonnigen Plakat, dem Geld in seiner Kasse.

26

Der Flughafen besteht aus Neon und zollfreiem Parfümgeruch. Passagiere hasten verschwitzt durch eine Vorhalle. Ein weiterer Flug wird aufgerufen, Verspätungen werden durchgesagt. Vor den Panoramascheiben startet eine Maschine.

Gila stürmt durch die mächtige Drehtür. Die Frau am Schalter hatte sich am Telefon überreden lassen, auch ein, zwei Minuten länger zu warten. Das sei man seinen Kunden schließlich schuldig.

Als Gila an den Schalter tritt, bereut die Frau ihre Freundlichkeit. Während Gila ihr Geld auf den Tresen zählt, mustert die Angestellte das Mädchen misstrauisch. Erst nachdem Gila die beiden Tickets bei der Frau am Schalter hinterlegt, zerstreut sich der Verdacht der missmutigen Angestellten. Kein Mädchen, denkt sie, das mit gestohlenem Geld bezahlt, würde danach die Flugtickets bei mir hinterlegen.

Gila bedankt sich und verlässt das Flughafengebäude, in dem die Leuchtstoffröhren, gefangenen Insekten gleich, summen und die Lautsprecher klingen wie ein Tonband, endlos wiederholt. Gila sucht sich eine Stelle nah der Startbahn, wo sie den dicht über ihr hinwegfliegenden Flugzeugen nachschauen kann, großen, metallenen Schatten vorm nächtlich dunklen Himmel.

Sie sieht, wie die Räder im Rumpf verschwinden und die Klappen an den leicht vibrierenden Tragflächen auf Steigflug gestellt werden, während sie sich zurücklehnt, bis ihr Haar das Gras und die Pusteblumen berührt.

Jetzt, denkt Gila, kann mich . . . kann uns nichts mehr aufhalten. Überhaupt nichts mehr.

27

Währenddessen wird Martin wach, weil ihn ein Polizeibeamter sacht mit dem Stiefel antippt.

Ein weiterer Polizist schiebt die Ninja-Turtle-Figur von der Tischplatte, liest die Nachricht, nimmt den Zettel, knüllt ihn zusammen und wirft ihn aus dem offenen Fenster.

Martin hat weder die Megaphondurchsage gehört, die alle Personen im Abbruchhaus aufgefordert hat das Gebäude zu verlassen – »*Sonst kommen Sie in den Bereich polizeilicher Maßnahmen!*« –, noch ist er durch den Lärm geweckt worden, den die verbliebenen Haus- und Wagenburgbewohner bei ihrer Flucht gemacht haben.

Auch das Trappeln der Polizei im Treppenhaus, die die Räumung ebenso routiniert wie in der Grünanlage betreibt, hat Martin nicht wecken können. Erst die Stiefelspitze lässt ihn langsam zu sich kommen.

»Bisschen müde, Herr . . .?«

Der Polizist, der ihn angetippt hat, blättert in seinem Pass herum.

»Waltermann, Matthias . . . Ich muss Sie bitten mitzukommen. Auch wenn Sie« – er lächelt süffisant – »gerade Geburtstag hatten, müssen wir Ihre

Angaben« – er wedelt mit Matthias' Pass – »das ist nun mal so, überprüfen.«

»Glückwunsch, nachträglich«, sagt der Kollege des Polizisten. Er stopft die auf dem Boden ausgebreiteten Kleidungsstücke nachlässig in den Rucksack.

Das, denkt Martin, passiert mir nicht wirklich. Ich muss nur weiterschlafen. Dann klärt sich alles wie in einem glücklich sich fügenden Traum.

Stattdessen steht er auf, steckt die Ninja-Turtle-Figur, von keinem der Polizisten beachtet, beiläufig in die Hosentasche und folgt dem Beamten, der ihn geweckt hat, durchs Treppenhaus auf die Straße.

Das kreisende Blinken des Blaulichts wird von der Fassade zurückgeworfen. Als Martin durch die vergitterten Scheiben des Polizeitransporters noch einen Blick auf das Abbruchhaus wirft, ehe der Wagen abfährt, kommt es ihm vor, als hätte er Jahre seines Lebens in dem Gebäude verbracht.

28

Martin hätte sich nicht gewundert, wenn er dem Punk vom Bahnhofsvorplatz oder Fränkie auf dem Revier begegnet wäre, eigentlich hätte er sich nicht einmal über seine Eltern gewundert, wären sie, gerade aus dem Zug gestiegen, vom Bahnhof her auf ihn zugelaufen und hätten ihn vor dem Revier in die Arme genommen.

»Ist schon gut«, hätte seine Mutter zu den Polizisten gesagt, »das ist unser Sohn.« Alles, würde sie annehmen, wäre damit geklärt.

Nichts ist geklärt.

Der Bahnhof ist ein anderer Bahnhof als der am Zoologischen Garten. Kein Elefant trompetet. Vor dem Revier steht niemand, auch nicht Martins Eltern. Im Vorraum wartet der Wachmann, den Martin wegen der Pflaster, dem Arm in der Schlinge und des Kopfverbandes kaum wiedererkannt hätte.

Da Martin derart benommen ist, dass ihn kalt lässt, was weiter mit ihm geschieht – sollen sie ihn einsperren, nach Hause schicken, ihn schlagen, ihm drohen, ihm ist alles egal –, zuckt er beim Anblick des geschundenen Wachschutzangestellten nicht einmal zusammen.

»Herr Koschnick«, sagt der Revierpolizist, der

Martin einen Stuhl anbietet, »das ist die einzige Person, die wir im Gebäude angetroffen haben.«

»Name«, ergänzt der Polizist, der Martin mit seinem Stiefel geweckt hat, »Matthias Waltermann. Geboren . . . wohnhaft . . . wahrscheinlich Tourist. Also sagen wir: Reisender. Barschaft? Beläuft sich auf zwölf Pfennige. Hatte für die Nacht, vermuten wir, keine Bleibe. Redet bislang nicht mit uns.«

Martin zählt die Kacheln an der Wand gegenüber. Ich würde ja, denkt er, reden. Morgen. Wenn ich wach bin. Heute nicht.

Der Revierpolizist fragt den Wachschutzangestellten Koschnick, ob er Martin wiedererkennen würde.

Der Wachmann, der Martin während des Kampfes im Rohbau nicht zu Gesicht bekommen hat, verneint die Frage, obwohl er – Martin sieht es an seinen Augen – sehr gern »Ja« gesagt hätte: »Ja, diese Laus war am Überfall auf mich bei der Baustelle beteiligt . . .!«

Aber, denkt Martin und wundert sich, wie kaltblütig er auf dem Stuhl sitzt, wie fern ihm das Geschehen ist, als wäre die Luft aus Watte und keins der Geräusche, der Worte, Silben und Sätze, käme an ihn heran –, aber auch dieser Koschnick, das Schwein, das Gila angrabschen wollte, hat weder am Hinterkopf noch im Nacken Augen . . . Also konnte er mich weder sehen noch erkennen, da ist nur Fett, denkt Martin, das über den Kragen seiner

Uniformjacke quillt, die immer noch staubig ist. Gut, dass ich ihm von hinten ins Kreuz gesprungen bin.

»Vielen Dank, Herr Koschnick«, murmelt der Revierpolizist, »das wär's von unserer Seite.«

»Ich hab mich zu bedanken«, sagt Koschnick unwirsch, während er sich erhebt, um zu gehen. »Was wird aus dem Jungen?«

»Anzeige wegen Hausfriedensbruch ... wahrscheinlich. Kann sicher morgen früh irgendwann gehen ... Sobald wir die Angaben in seinem Pass überprüft haben ...«

Martin hört die Worte des Revierbeamten, beglückwünscht sich zu der Idee, seinem Bruder den Pass entwendet zu haben, und fühlt sich dennoch weder erleichtert noch froh.

Das war's wohl, Martin Waltermann. Bist weit gekommen, aber jetzt ist die Reise wirklich zu Ende, das Spiel endgültig verloren.

Er denkt an die Haushälterin, bei der er den Schlüssel abholen wird, sobald er es geschafft hat, nach Hause zurückzutrampen, an seinen Bruder, seine Freunde, seinen Vater und seine Mutter in London. Ich hab mein Bestes gegeben, denkt er, war aber nicht genug.

Ein weiterer Polizist bringt ihm einen Plastikbecher Wasser sowie einen Schokoriegel und führt ihn in eine Zelle, die bis zur Decke gekachelt ist und in der sich nichts befindet als eine im Boden fest verankerte Pritsche aus hellem, gemasertem Holz.

Die Tür fällt ins Schloss. Statt einer vierten Wand hat die Zelle ein blaues, feinmaschiges Gitter. Das Neonlicht brennt unerreichbar im Flurgang an der Decke.

Der Polizist hat den Plastikbecher auf dem Fußboden abgestellt und den Schokoriegel daneben gelegt. Um sich nachts nicht erhängen zu können, musste Martin die Schnürsenkel und seinen Gürtel abgeben. Bevor der Polizist zurück in den Vorraum des Reviers geht, dreht er sich noch einmal um.

»Morgen früh, Matthias . . . ich meine, Herr Waltermann, werden Sie sicher entlassen.«

Im Tonfall seiner Stimme glaubt Martin Mitgefühl zu hören. Es ist ihm gleichgültig.

Morgen, denkt er, entlassen sie mich, weil ich wegen des Passes als volljährig gelte.

Na ja.

Er legt sich auf die Pritsche, schließt gegen das Kunstlicht die Augen und stößt, als er nach dem Schokoriegel tastet, beinahe den Plastikbecher mit dem Leitungswasser um.

»Das war knapp«, murmelt er.

Dann denkt er, bevor er in einen unruhigen Schlaf fällt: Jürgen Richter und Schmitti, die müssten mich hier sehen, die würden das nicht glauben . . .

29

Als Martin das Revier am nächsten Morgen verlässt, ist er so erschöpft und mutlos, dass er sich auf die nächste Bank setzen und hemmungslos weinen möchte.

Der Triumph der letzten Nacht, als Koschnick, der Wachmann, ihn nicht erkannte und die Polizisten glaubten, er wäre achtzehn, ist verflogen. Martin will nur noch nach Hause. Alles, denkt er, ist schief gelaufen, alles habe ich falsch gemacht.

Ich hätte weder mit Matthias nachts ins Schwimmbad einsteigen noch Gila folgen oder sie suchen sollen. Ich hätte sie gar nicht erst treffen sollen, das wäre am besten gewesen. Geschieht mir recht, dass sie mich bestohlen hat. Geschieht mir so was von recht – hab mich von ihr einwickeln lassen. Bin ihr wie ein Hund nachgelaufen. Hab meinem Bruder, und nicht nur meinem Buder, nichts als Schwierigkeiten gemacht. Indem ich seinen Pass genommen und mich habe verhaften lassen. Jetzt hat er eine Anzeige am Hals. Und wegen wem? Wegen mir. Ich hätte mit Schmitti und Jürgen Richter nach Irland fahren sollen, ganz brav. Ich bin ein Vollidiot gewesen. Ich sollte umkehren und alles gestehen! Ich sollte um Verzeihung bitten: Koschnick, die Polizei und jeden. Ich sollte zurück in die Zelle gehen. Und einfach dort bleiben . . . Warum? Na, deshalb! Weil ich ein Dummbeutel bin, ein Versager. Weil ich ein . . . ah, zwölf Pfennige! – Damit kann man nicht mal telefonieren . . .

Martin läuft über den Bahnhofsvorplatz und sucht nach einer Bank. Er sieht nicht, dass Gila und Stefan auf ihn zukommen. Er hält die Augen am Boden und die Fäuste geballt.

»Hi«, sagt Stefan leise, als Martin an ihm vorbeigeht. Gila beißt verlegen an den Fingern und malt mit den Zehen kleine Kringel aufs Pflaster.

Martin blickt auf und ist wie vor den Kopf gestoßen.

»Was«, entfährt es ihm, »wollt ihr denn hier?«

Noch weiß er nicht, ob er Gila und Stefan anschreien oder ob er sich freuen soll die beiden wiederzusehen. Der Morgen besteht aus staubigem Himmel und Hochhausfassaden aus grünem Glas, die sich am Ufer der Spree im dunklen Wasser spiegeln.

Ostbahnhof, hier enden Züge.

Hier war mal die Mauer, denkt Martin.

Ein Auto fährt an.

Passanten laufen eilig über den Zebrastreifen.

»Wir ham uns schon gedacht«, sagt Stefan, »dass sie dich hierher bringen.«

Auch er schaut Martin nicht in die Augen. Heute sind seine Haare rot und grün und gelb.

Richtig gedacht, denkt Martin.

»Ach, Scheiße«, sagt Stefan, »hier.«

Dann holt er unter seinem Pullover ein kleines Tier hervor, das zunächst aussieht wie ein Stein, ein Haufen Erde, Baumrinde, die am Ufer eines Bachs vom Wasser überspült wird.

Unwillkürlich hat Martin seinen schlecht verschnürten Rucksack auf den Boden gleiten lassen. Er liegt im feinen Sand, der von den Baustellen herüberweht.

»Es sollte«, Stefan windet sich, »eigentlich eine Eidechse sein. Aber es gab nur Schildkröten. Die hier ist nicht aus Mexiko. Aber ich hab sie *Mexiko* getauft.«

Ein Lkw hupt. Zwei Radfahrer bremsen, fluchen und steigen von ihren Rädern. Der Wind trägt den Staub von den Baustellen bis zum Bahnhofsvorplatz und verliert ihn an der Brücke, über den die Züge Richtung Westen rollen.

Stefan hat Martins Hand genommen, die Finger geöffnet und ihm die Schildkröte vorsichtig auf die Handfläche gesetzt. Ihr Kopf ist noch unter dem Panzer verborgen. Ihre Füße bewegen sich. Die Krallen schaben kaum merklich über Martins Haut. Gila hat noch nichts gesagt. Auch Martin fehlen die Worte.

Eben wollte er noch zum Bahnhof oder zur nächsten Autobahnauffahrt, nach Hause. Nun steht er hier. Leute laufen an ihm vorbei. Hunde bellen. Die Schildkröte, die Mexiko heißt, steckt ihren Kopf aus dem Panzer.

»Und«, sagt Stefan. Danach schluckt er. Es gelingt ihm nicht mehr, weiterzureden. Stumm geht er auf Gila zu und umarmt sie. »Und«, sagt er noch einmal, »es tut mir Leid, aber ich kann nicht mehr mit dir nach Mexiko fahren.«

Er drückt Gila an sich, sie lässt es geschehen. Hatte sie bereits etwas geahnt?

In Martins Bauch hüpft die Freude, ein Flummi, auf und ab.

Noch weiß er nicht, wie er sich bei Stefan bedanken und wohin er schauen soll.

Er streichelt den Panzer der Schildkröte. Als er ihren Kopf berührt, zieht sie ihn wieder ein. Die Augen, das Maul, selbst ihre Beine verschwinden, so dass sie erneut aussieht wie ein vom Wasser gewaschener Stein.

»Und deshalb«, sagt Stefan, gibt Gila frei und nimmt Martin die Schildkröte, die, ohne Kopf, nur ein Stück Borke, Baumrinde ist, aus der Hand und gibt sie Gila, »deshalb . . . ist es nicht nur ein Geschenk für ihn, sondern eins für euch beide.«

Ein Bus hält. Fahrgäste springen heraus und eilen über den Zebrastreifen. Die grünen Scheiben der Hochhausfassaden spiegeln Spree und Himmel wider. Ein Stück entfernt reißen Bagger das Haus ab, in dem Martin die Hälfte der Nacht verbracht hat.

»Warum?«, fragt Gila Stefan.

Die Schildkröte steckt ihre Beine und dann ihren Kopf aus dem Panzer.

Warum fragt sie?, denkt Martin. Warum fragt sie das ausgerechnet jetzt?

Der junge Mann, der Stefan aus dem Bauwagen abgeholt hatte, wartet im Hintergrund. Stefan hebt die Schultern zum Hals und macht eine hilflose Geste mit den Händen.

»Liebe eben.« Er lacht.

Ehe er mit glänzenden Augen über den Vorplatz davonläuft, kann Martin die Ninja-Turtle-Figur noch aus seiner Tasche ziehen und sagen: »Die kleine Schwester.«

Er drückt sie Stefan in die Hand und fügt hinzu: »Für dich.«

30

Gila und Martin liegen auf einer Wiese am Rand der Stadt. Mexiko, die Schildkröte, raschelt in einem Pappkarton, der im Schatten unter einem Baum steht.

»Sie frisst das Salatblatt«, sagt Martin.

»Na ja«, sagt Gila und reckt sich, »sie ist eine Schildkröte.«

Noch wagt Martin nicht Gila auch nur an den Fingerspitzen zu berühren.

Die Luft ist wie Samt und Seide. Die Sonne steht weiß am wolkenlosen Himmel. Das Gestänge einer alten Förderanlage, die inmitten des Baggersees jeden Baum am Ufer überragt, blinkt in der Sonne. Gila lächelt.

Martin hat sich auf dem Handtuch halb aufgerichtet und das Kinn auf die Hände gestützt. Er liegt so dicht neben Gila, dass er den Duft ihrer Haut riechen und den feinen Flaum in ihrem Nacken gegen das Licht sehen kann. Er vermeidet es, sich vom Bauch auf den Rücken zu drehen, denkt an die Nacht in der Scheune und weiß nicht, ob seine Zähne aufeinander schlagen werden, wenn er längere Zeit reglos neben Gila liegen bleibt und sich unterhalten muss. Martin sieht das schmale Lächeln. Unsicher fragt er: »Wa-wa . . . was ist?«

»Nichts ist, Turmspringer Waltermann. Ich musste nur an deine Unterhose im Waldschwimmbad denken, die dir beim Sprung in die Knie gerutscht ist . . . Als du . . .«

Gila lacht. Sie streicht über Martins Rücken und schlägt sich dann auf die Schenkel.

»Du bist . . .«, sagt Martin ernüchtert, »du bist . . .«

Beleidigt wendet er sich der Schildkröte zu.

Dann deutet er auf die Förderanlage, die Plattform, die wie ein Mastkorb das rostige Gestell aus Stahl krönt und mit der das monströse Gerät den unmäßig blauen Himmel berührt.

»Wir könnten spring'n«, sagt er.

»Na ja.«

Gila zuckt unschlüssig die Achseln.

»Wenn du willst.«

Sie erhebt sich vom Badetuch. In ihren dünnen Zöpfen glitzert das Wasser des Sees.

»Liegt aber«, sagt sie, »viel Schrott im Wasser.«

»Hast du etwa Angst?«, fragt Martin.

»Pah!«

Gila läuft langsam zum Ufer.

Seltsam, denkt Martin, wie anders sie ist, wenn sie getrunken hat, wie wenig dann bleibt von ihrer jetzigen Entschlossenheit. Er denkt, als er ihr folgt, an Fränkie, den Weißwein auf dem Dachboden, und an Gilas Vater, der sie, als sie Kinder waren, trainiert hat, wie es keinem hätte besser gelingen können.

Gila und Martin schwimmen hinüber zur Förderanlage. Sie steigen im Gestänge dem Blau des Himmels entgegen. Die Plattform ist so klein, dass man kaum zu zweit darauf stehen kann.

»Handstand?«, fragt Gila.

»Handstand«, erwidert Martin.

Sie setzen die Hände am Rand der Plattform, gut zwölf Meter über dem Wasser, auf das rissige Eisen und drücken sich aus der gebückten Haltung behutsam in den Handstand, bis die Beine gestreckt sind und sie nebeneinander auf dem Gestell aus Stahl stehen. Die leichte Bewegung der Zehen tariert die Balance aus.

Sie verharren, fast unbewegt, über ihnen ist nichts, nur der Himmel, unter ihnen der See, den weder Gila noch Martin kennen, bräunlich verfärbtes Wasser, auf dem an einigen Stellen Öl in allen Farben des Regenbogens schillert.

Martin zögert.

Er sieht seine, sieht Gilas Hände. Ihre Finger berühren sich. Während sie, lotrecht, das Gleichgewicht halten, zwei Körper vor einem Eisengestänge, wünscht Martin sich, der Augenblick würde sich dehnen, die Zeit würde still stehen –

»Muss doch nicht sein, oder?«, fragt Gila.

Den Kopf im Nacken pulst ihr das Blut zunehmend stärker in Stirn und Schläfen. Die Worte klingen gepresst.

Und Martin sagt: »Nein. Ich meine: ja ... Ich meine ...«

Sie senken die Beine und stellen die Füße zurück auf die Plattform und steigen schweigend hinunter zum Wasser.

Sie ziehen sich an und geben der Schildkröte noch ein Salatblatt.

Gila schaut, ganz in Gedanken, zurück zum Gestänge. Martin streicht der Schildkröte über den Panzer und murmelt: »Hallo ... Hallo, Mexiko ...«

31

Später sitzen sich Gila und Martin in Gilas Bauwagen gegenüber, dem letzten auf dem Platz.

Wahrscheinlich wird der Traktor erst kommen, wenn es dunkel ist, um auch Gilas Wagen wegzuschleppen auf einen Stellplatz am Rand der Stadt.

Noch färben die letzten Strahlen der Sonne den Himmel über den Hochhausfassaden. Der Schutt, der vom Abbruchhaus übrig ist, staubt im blasser werdenden Licht. Rohbauten, vier- bis sechsstöckig, säumen das Ufer der Spree.

Gila und Martin sitzen sich auf Gilas Bett gegenüber. Martin hat die Schildkröte aus dem Pappkarton genommen. Gila scheint vollkommen in sich versunken. Komisch, denkt Martin unbehaglich, den Bauwagen hätte ich mir verwahrloster vorgestellt.

Fast muss er über die Gardinen, die mit Bündchen in gleicher Farbe am Rahmen zusammengehalten werden, lachen. Die Fenster sind geputzt. Wäre nicht Gilas verbissenes Schweigen, könnte ich mich, denkt Martin, freuen, ich würde es gerne . . .

Aber Gila hockt da und sagt nichts. Weil Martin das Schweigen nicht erträgt, fragt er, während die

Schildkröte ihm auf die Hand und aufs Bettlaken pinkelt: »Warum bist du eigentlich von zu Hause weg?«

Er muss weder mit den Zähnen klappern, noch zittern seine Finger und Hände. Er merkt, dass er seine Frage zu schroff gestellt hat, zu abrupt. Er fragt sich: Warum konnte ich den Mund wieder nicht halten? Er legt ein Kissen über den Fleck, den Mexiko auf dem Laken hinterlassen hat, und wischt seine Hand verstohlen am frischen Betttuch ab.

Wie betäubt hebt Gila den Kopf und sieht Martin an, als müsse sie entscheiden, ob sie ihm trauen kann.

Sie senkt die Lider, verleiht ihrem Blick noch eine Spur mehr Müdigkeit und sagt: »Konnt nich an-seh'n, wie er . . . wie mein Vater, Papa . . . nach Ma-mas Tod . . . einfach zerfallen ist.«

Ihre Stimme verrät, wie unwohl ihr ist, wie sehr ihr Martins Frage zusetzt, wie wenig Kraft ihr ge-blieben ist, als wäre sie, gleich ihrem Bauwagen, bloß eine kleine Insel im sie umkreisenden Meer.

»Aber vielleicht, wenn du . . .«

Martin lässt die Frage unvollendet, den Vorwurf in der Luft hängen, während er sich erinnert, wie er früher, als er klein war, manchmal in der Nähe von Gilas Gehöft unter einem Baum im Schatten geses-sen und unsichtbar vom Hügel aus zugesehen hatte, wie Gilas Familie im Garten tat, was Martin gern getan und was er sich in seiner Familie immer gewünscht hatte: Ball spielen, einander jagen, grillen, zusammen sein.

Ehe er weiterreden kann, fragt Gila, was sie ihn schon einmal nachts in der Scheune gefragt hat: »Kam er noch zu den Wettkämpfen, mein Vater?«

Martin, der sich erinnert, was er damals geantwortet hat, wischt mit dem Kissen auf dem Fleck der reglosen Schildkröte herum und sagt nach kurzem Überlegen: »Er ist nicht mehr gekommen. Hat nicht mehr da gesessen, wo er sonst immer saß.«

32

Obwohl der Wachmann Fred Koschnick Martin im Polizeigewahrsam nicht wiedererkannt hat, ist er misstrauisch geworden. Er will der Sache nachgehen und wartet früh am nächsten Morgen in einer Toreinfahrt gegenüber dem Revier auf Martins Entlassung. Fast hätte er, verborgen im Schatten, laut gejubelt, als er Gila und vor allem Stefan entdeckt, der Martin die Schildkröte schenkt.

Koschnick lässt sich Zeit. Er folgt Stefan durch Berlin, beobachtet, wie Stefan mit seinem Freund erneut ins Kino geht und danach in dessen Wohnung. Es dauert eine Weile, doch dann verlässt der Freund die Wohnung als Erster. Koschnick hat Glück.

Schließlich, langsam beginnt es zu dämmern, verlässt auch Stefan das Haus. Koschnick folgt ihm ohne entdeckt zu werden bis zum Gelände, auf dem Gilas Bauwagen als letzter verblieben ist.

Mittlerweile ist es dunkel. Da Stefan das vage Licht in den Fenstern des Bauwagens sieht, zögert er am Rand der Baustelle. Zwar fehlen ihm einige Sachen, die er bei Gila aufbewahrt hat, aber es scheint ihm nicht nötig, die fehlenden Dinge sofort zu holen, obwohl er weiß, dass Gila Berlin bald verlassen wird.

»Guten Tag«, sagt Koschnick freundlich.

Er tritt aus dem Dunkel auf Stefan zu. Den Kopfverband hat er abgelegt, auch den Arm trägt er nicht mehr in der Schlinge. Stefan erkennt die Wachschutzuniform. Er hat kaum genug Zeit zusammenzufahren, so schnell und ohne weitere Warnung schlägt Koschnick ihm den Schlagstock seitlich ins Genick.

»So«, sagt er.

Bei jedem Schlag wiederholt er: »So.«

Stefan, der zunächst zu erstaunt ist, um um Hilfe zu rufen oder zu schreien, ächzt nur und fällt keuchend auf die Knie.

Schnell hat ihm Koschnick den Mund mit Paketband verklebt, die Hände auf den Rücken gebogen, ihm Handschellen angelegt –

»Hilfe!«, will Stefan brüllen.

Durch das Paketband dringt bloß ein Lallen, das im Lärm der Nachtschicht, im Getöse einiger Betonmischmaschinen untergeht.

Koschnick stößt Stefan vor sich her zum Rohbau nah der Grünanlage, in der sie sich begegnet sind. Er befestigt die Handschellen an den neu verlegten Armaturen.

Stefan, der nach der ersten Überraschung verzweifelt versucht hat sich zu wehren, lehnt sich, als er merkt, dass ihm keine Chance bleibt, an den Block mit den Wasserhähnen, schließt die Augen und schweigt.

33

Martin und Gila sitzen sich noch immer auf dem Bett gegenüber.

Von draußen dringen die Geräusche der Nachtschicht gedämpft in das Innere des Wagens. In den Pausen der Bagger, Kräne und Schaufellader ist nur das Schaben der Schildkröte am Pappkarton zu hören.

Martin, der nicht weiß, wie er sich verhalten soll, kommt es vor, als habe Gila den Bauwagen und das Gelände längst verlassen. Nur ihre Hülle hockt wortlos vor ihm, als würde sie im nächsten Moment still in sich zusammenfallen.

Vielleicht ist sie in Gedanken bei ihrem Vater oder bei ihrer toten Mutter, hat sich in ihre Kindheit zurückgezogen. Sie wirkt, denkt Martin, wie ein kleines Mädchen.

Er fragt sich: Weshalb habe ich bloß damit angefangen? Und warum nicht einfach mal meinen Mund gehalten?

Erst als Gila eines der Salatblätter zwischen den Kissen entdeckt und achtlos die grünen Reste vom Spannbetttuch kratzt, nimmt Martin die Schildkröte aus dem Karton und wispert: »Komm, Mexiko, geh!«

Er lässt sie zu Gila, zu dem Salatblatt, das zwischen ihren Knien liegt, hinüberlaufen. Die Schildkröte streckt ihren Kopf vor und zögert. Was sehen Schildkröten? Wie riechen sie? Was können sie hören?

Während Gila verblüfft Tier und Salatblatt, die schwindende Entfernung zwischen beiden beobachtet, hellt sich ihr Gesicht auf. Sie wird wieder Gila: Gila, die indische Hemden trägt und, indem sie die Zunge gegen eine Zahnlücke presst, ein pfeifendes Geräusch erzeugt. Obwohl er zuerst noch zögert und all seinen Mut zusammennehmen muss, zieht Martin kurz entschlossen sein T-Shirt über den Kopf.

Erstaunt sieht Gila ihn an. Sie hebt die Brauen, grinst unsicher, nimmt der Schildkröte das Salatblatt weg, dreht sie um und lässt sie zurück zu Martin laufen.

Gila holt ein Feuerzeug aus einem Schubfach, zündet eine Kerze an, steckt das Feuerzeug in ihre Jeans, zieht die Hose langsam aus, empfängt die Schildkröte, schickt sie zurück. Mit jedem Weg der Kröte über das Laken legen Martin und Gila ein Kleidungsstück ab und rücken aufeinander zu.

Als sie, beinahe nackt, so dicht voreinander hocken, dass Mexiko kaum genügend Platz hat, um sich auf der Jagd nach dem Salatblatt umzudrehen, schweigen die Kräne und Bagger. Sämtliche Baumaschinen stellen ihre Arbeit ein. Die Nachtschicht ist beendet, die Baustelle wird still.

Martin und Gila berühren sich. Die Kerzenflamme zeichnet Schatten und zitternde Muster auf ihre Haut. Die Schildkröte hockt am Boden und knabbert am Salat.

An der Tür ist ein Klopfen zu hören, zaghaft, dennoch ohne Unterbrechung.

Gila und Martin sehen sich an.

Sie öffnet die Tür.

Er folgt ihr.

Auf den Stufen des Bauwagens kauert, zusammengekrümmt, Stefan, hebt mechanisch die rechte Hand, um gegen die Türfüllung zu pochen, blutet aus Nase, Mund und Ohren.

Unter ihm, im Staub der Brache, hat sich eine Lache gebildet, die im Licht der Bauscheinwerfer glänzt, als wäre die dunkle Flüssigkeit zäher, süßer Honig.

34

Der Krankenwagen fährt ab. Im Innern liegt Stefan auf einer Trage. Man müsse abwarten, haben die Sanitäter gesagt.

Fred Koschnick, der seine Uniform von Dreck und Blut notdürftig gereinigt hat und sie fortwährend glatt streicht, als ginge er zu einem Empfang, steht ein Stück von der Stelle entfernt, an der der Rettungswagen gehalten hat. Er steht im Licht einer Baubude und lächelt.

Er nickt zu Martin und Gila hinüber, streicht noch einmal über die dunkelblaue Jacke und beginnt seine Runde. Er geht, ohne dass ihn jemand aufhalten würde.

Einen Augenblick bleibt Gila neben ihrem Bauwagen stehen. Sie ist eigenartig ruhig, als könne sie fortan niemand und nichts mehr behelligen.

Wo bleibt bloß der Trecker, denkt Martin, der den Bauwagen wegschleppen soll? Käme der Traktor noch heute Nacht, am besten jetzt, jetzt gleich, sofort, müsste sich Gila um den Abtransport ihres Bauwagens kümmern und hätte keine Zeit für ihren kalten Zorn. Aber der Trecker kommt nicht.

Als Gila sich schweigend abwendet und hinüber zum Bauwagen geht, steigert sich Martins Unruhe.

Als er ihr nachlaufen will, entdeckt er im Staub, dort, wo der Rettungswagen gehalten hat, die Ninja-Turtle-Figur. Ihr fehlt ein Arm und ein Bein.

Als Martin sich bückt, um sie aufzuheben, als er sie in seine Tasche steckt und sich wieder aufrichtet, hat Gila einige Bodenplanken unter dem Bauwagen gelöst und einen Benzinkanister aus einem Holzkasten gezogen.

Wäre doch bloß der Traktor gekommen!, denkt Martin und läuft hinüber zu Gila, die die Planken wieder befestigt.

»Was soll das?«, fragt er.

»Koschnick ist eine Sau.«

Sie deutet auf die Baubude, an der der Wachmann längst nicht mehr im mageren Licht der Laterne lehnt.

»Was willst du damit erreichen?«, fragt Martin. Nie hat er sich so ohnmächtig gefühlt.

Gila stellt den Kanister auf die Erde. Die nackte Haut ihrer Arme wirkt wie eine dunkle Rüstung. Das leise pfeifende Geräusch, als sie ihre Zunge gegen ihre Zahnlücke drückt, klingt wie ein Signal.

»Was würde sonst helfen?«

Einen Moment halten Gila und Martin voreinander inne.

Wie schön sie ist, denkt er.

Dann fällt ihm die Schildkröte in Gilas Bauwagen ein.

Martin will losstürzen, um sie zu holen.

Unvermittelt sagt Gila: »Ich hab zwei Tickets. Auf unsere Namen. Sind hinterlegt am Flughafen. One-way, nach Mexiko. Und weiter, in die Karibik . . .«

»Auf meinen . . . auch?«

Ungläubig schaut Martin hinüber zum Wasser der Spree und glaubt, für die Länge eines Atemzugs, die Wellen bei Acapulco, das Blau des Ozeans zu sehen.

»Ja . . . na ja«, sagt Gila.

Dann nickt sie, drückt Martin ihr Messer in die Hand und weist ihn an die Schrauben der Planken festzuziehen und den Bauwagen zu verriegeln.

Gila läuft los, quer über die Baustelle. Martin steht in der Dunkelheit und versucht zu begreifen, was Gila gesagt hat. Noch ist die Reise nicht zu Ende! Er denkt an die Schildkröte.

Er zögert. Gila entfernt sich schnell. Er lässt die Planken Planken sein, springt die Metallstufen zum Eingang des Bauwagens hoch, legt das Messer auf den Tisch, sucht im Bett: keine Kröte, sucht unterm Bett: vergeblich.

Martin beginnt zu schwitzen, im Schlafraum hin- und herzuhasten, ein kleiner Raum, ein kleines Tier, sticht das immer noch offene Messer vor Ärger in die Türfüllung, kann, wenn er sich aus dem Fenster beugt, Gila in der Dunkelheit nicht mehr erkennen, da sie in einem Rohbau am Ufer der Spree verschwindet. Dann bewegt sich der Mülleimer, kippt um und Martin springt zur Seite. Gemächlich kriecht die Schildkröte unter dem Abfall hervor.

Martin klaubt sie aus Bierdosen, Tempotaschentüchern und Kartoffelschalen, wischt ihr den Dreck vom Panzer und hastet hinaus in die Nacht.

35

Als Martin, abgehetzt und durchnässt vom Lösch-
wasser einer Sprinkleranlage, das Dach des Rohbaus betritt, steht Gila in einer Ecke.

Neben ihr liegt der leere Benzinkanister. Die
Sprinkleranlage verhindert, dass das Gebäude
Feuer fängt. Es qualmt. An einigen Stellen, aus einigen Fenstern. Gila hält ihr Feuerzeug hoch über
den Kopf.

Der Daumen liegt auf dem Rädchen des Feuer-
steins. Die Luft riecht nach Benzin. Die Lachen auf
der Dachpappe schillern im Mondlicht.

»Kommt näher«, sagt Gila.

Vor ihr stehen Koschnick und zwei seiner Kollegen.

Sie schlagen sich mit dem Schlagstock sacht in
die Handflächen. Koschnick nickt, als wolle er sagen: Jetzt ist es so weit, du Luder. Jetzt kriegst du,
was du verdienst.

Noch aber zögert er.

Gila zischt, diesmal wie eine Klapperschlange.

»Tu's doch!«, sagt einer der Wachschutzmänner.

»Lass es lieber«, der andere.

Gila dreht am Rädchen. Aber der Stein im Feuerzeug zündet nicht mehr.

Wieder wippt Koschnick mit dem Knüppel. Er macht einen Schritt auf Gila zu.

»He«, ruft Martin. Sein Atem geht rasselnd. »Bitte«, ruft er, »nein.«

Grinsend dreht sich Koschnick zu ihm um.

»Ah«, murmelt er, »ah ja.«

In diesem Moment nimmt Martin das erleuchtete Berlin wahr und unten, am Fuß des Gebäudes, die gleichmütig fließende Spree.

Er denkt an die Angst, wenn man von einem Zehnmeterturm in ein noch fremdes Becken springt oder von einem Felsen in einen unbekannten Fluss.

Er denkt an das Gefühl, wenn man sich loslässt und allein der Bewegung folgt, wenn der Augenblick vor dem Eintauchen sich dehnt und das kalte Wasser dann dem Körper Raum gibt.

Er denkt an Gilas Worte: zwei Tickets auf unsere Namen – nach Mexiko und weiter. Er denkt: vom Waldschwimmbad über Berlin bis in die Karibik.

Er stellt sich vor, wie Majes und Schmitti und Jürgen Richter im Herbst im leeren Schwimmbad sitzen. Wie sie zum Sprungturm hinaufsehen und sich an die Nacht am Anfang des Sommers erinnern. Wie sie – Majes liest, die anderen hören zu – dem Brief, den ihnen Martin vom Strand einer warmen Insel aus geschrieben hat, lauschen: Zeile für Zeile, Silbe für Silbe. Schon weiß er den Inhalt, Wort für Wort: »Lieber Bruder! Schöne Grüße an dich und die Eltern. Alles Liebe und Dank für das Sparbuch. Hoffe, der Ärger, den du hattest, hielt sich in Grenzen. Die Polizei wird einsehen müssen, dass du nicht an zwei Orten zugleich sein kannst. Und, na ja, in gewisser Weise bist du jetzt hier, wo eigentlich ich bin. Und ob *ich* zurückkommen werde, kann ich noch nicht sagen. Aber wer kann das schon . . .«

Während er sich den Brief und den Bruder und seine Freunde im Waldschwimmbad vorstellt, ist Martin sich sicher, dass die Spree, unten, am Fuß des Gebäudes, tief genug sein wird.

Er bückt sich. Er setzt die Schildkröte auf der feuchten Teerpappe des flachen Dachs, fünf Stockwerke, ab. Er flüstert: »Lauf, Mexiko, lauf!« Er ruft: »Vorsicht, eine Schlange!«

Er sieht, wie Koschnick und seine Wachschutzkollegen einen Moment abgelenkt sind. Gebannt starren sie auf die Schildkröte, die über das Dach auf sie zukrabbelt und im Licht des halben Mondes aussieht wie eine Echse, die ihre Feinde mit ihrem Gift lähmen kann.

Martin nutzt die Zeit, die nur der Länge eines Lidschlags entspricht, indem er losläuft, anläuft, rennt.

Es kommt ihm vor, als durchquere er in einem Alptraum tiefen Schlamm, so langsam fühlen sich seine Schritte an. Er sieht die drei Wachmänner in ihren blauen Uniformen, sieht Gila, sich, den dunklen Himmel. Sieht, wie Koschnick, der sich als Erster fasst, einen Schritt auf ihn zu macht. Sieht, wie er mit seinem Schlagstock ausholt, zuschlägt und seine Kollegen noch immer das Tier auf der Teerpappe anstarren. Martin weicht dem Schlag mit dem Knüppel aus.

Er schubst Koschnick beiseite. Der Wachmann stolpert. Martin wirft ihm die zertretene Ninja-Turtle-Figur an die Stirn. Koschnick duckt sich unwillkürlich, weil er das Plastik-Spielzeug aus dem Überraschungsei für einen Stein hält. Martin sieht, wie er strauchelt, als wäre er wirklich von einem Pflasterstein getroffen, und rückwärts in die im Mondlicht glänzende Benzinlache fällt.

Sein Knüppel klappert am Zinkblechbeschlag. Die Kollegen eilen dem Wachmann zu Hilfe, weil sie befürchten, Koschnick würde über die Kante vom Dach des Fünfgeschossers kippen.

Martin läuft an der Gruppe vorbei, sieht sich, wie er Gila bei der Hand nimmt, wie sie zusammen über die sommerwarme, benzingetränkte Teerpappe rennen, Anlauf nehmen, bis sie das Ende des Dachs zur Spree hin erreichen.

Dann lassen sie einander los und springen gemeinsam, beinahe synchron von der Dachkante ab.

Sie stürzen mit gestrecktem Körper dem Wasser, der Oberfläche entgegen – die dunkel ist und unbekannt und die das Licht der Bauscheinwerfer und des nur halben Mondes reflektiert.